Erinnerungen einer Volljährigen

AF201341

Holger Niederhausen

Erinnerungen einer Volljährigen

Das Menschenwesen hat eine tiefe Sehnsucht nach dem Schönen, Wahren und Guten. Diese kann von vielem anderen verschüttet worden sein, aber sie ist da. Und seine andere Sehnsucht ist, auch die eigene Seele zu einer Trägerin dessen zu entwickeln, wonach sich das Menschenwesen so sehnt.

Diese zweifache Sehnsucht wollen meine Bücher berühren, wieder bewusst machen, und dazu beitragen, dass sie stark und lebendig werden kann. Was die Seele empfindet und wirklich erstrebt, das ist ihr Wesen. Der Mensch kann ihr Wesen in etwas unendlich Schönes verwandeln, wenn er beginnt, seiner tiefsten Sehnsucht wahrhaftig zu folgen...

1. Auflage Oktober 2018

© Holger Niederhausen · Alle Rechte vorbehalten
Umschlagabbildung: Shutterstock / LedyX, verändert.
Herstellung und Verlag:
BoD – Books on Demand, Norderstedt
ISBN 978-3-7481-2970-7

Jugend ist nicht ein Lebensabschnitt,
Jugend ist ein Geisteszustand.

(Albert Schweitzer)

Nun bin ich also achtzehn. Achtzehn Jahre alt geworden... Und plötzlich also erwachsen. Das fühlt sich merkwürdig an – denn man merkt keinen *Unterschied*. Und doch ist da ein Unterschied. Der Unterschied besteht darin, dass einen plötzlich alle akzeptieren. Als erwachsen. Als ob es von diesem Tag, dieser Minute, dieser Sekunde abhinge. Aber es ist so. Die Menschen brauchen diese Grenzen. ‚Jetzt ist die kleine Naemi erwachsen. Eben war sie noch klein und unerwachsen, jetzt ist sie es, und wir dürfen nicht mehr ‚klein' sagen. Wir entschuldigen uns bei ihr, sie ist nicht mehr klein.' Das ist *so* seltsam. Die Menschen haben keine Ahnung, dass die Grenzen ganz woanders liegen – oder sie wollen trotzdem ihre festen Grenzen. ‚Du kannst ja machen, was du willst, aber laut diesem Formular hier bist du zu diesem Zeitpunkt noch nicht erwachsen. Aber, warte, ich sehe gerade, es dauert nicht mehr lang, sogar nur noch fünf Minuten. Also gut, wir warten diese fünf Minuten, und dann bist du erwachsen. Dann haben wir für dich keine Grenzen mehr.' Es ist alles so absurd. Aber gut, jetzt habe ich diesen Sprung gemacht. Auf einmal bin ich also ‚erwachsen'. Auch vor den Augen der Menschheit.

Wolf hat mir zu meinem achtzehnten Geburtstag dieses Tagebuch geschenkt. Er hat nichts dazu gesagt, nur gelächelt. Es hat einen wunderschönen lederartigen Einband mit Pflanzenmotiven, rankenartig gewunden. Vielleicht ist es sogar echtes Leder. Ich liebe es jedenfalls und habe ihn vor Freude umarmt und geküsst dafür. Er wusste, dass ich früher Tagebuch geschrieben habe. Dann ist es etwas verlorengegangen – auch, weil ich gar keine Zeit mehr zum Schreiben hatte. Es ist schade, dass man nicht für *alles* Zeit haben kann. Aber, jedenfalls wusste ich sofort, dass ich wieder anfangen würde, mit diesem Buch. Und so ist es ja auch, nun tue ich es ja gerade. Aber – es wird kein gewöhnliches Tagebuch werden. Denn es wird ein *Erinnerungsbuch* werden. Ich will irgendwie wenigstens ein bisschen von den letzten Jahren nachholen, die ich nicht festhalten konnte. Nicht auf dem Papier. In meiner Seele schon. O, wie sehr habe ich sie in meiner Seele!

Es ist gut, dass ich gerade jetzt anfangen kann, etwas davon aufzuschreiben, denn die Weihnachtszeit eignet sich so wunderbar dafür! Ja, ich habe fast zu Weihnachten Geburtstag, genauer gesagt, am achtundzwanzigsten Dezember. Früher fand ich das immer schlimm. Ein ganzes Jahr lang darauf warten – und dann zu Weihnachten und wenige Tage später zum Geburtstag Geschenke zu bekommen. Aber seit ich Wolf kenne, finde ich es wunderbar. Denn bei ihm gibt es zu Weihnachten *keine* Geschenke. Dafür ist der Geburtstag *so* besonders, denn er liegt in der Weihnachtszeit, die für mich immer mehr besonders wurde, seit ich Wolf kenne.

Ich weiß noch, wie er, als wir uns kennenlernten, von den Engeln sprach – das war im Mai –, und als ich danach fragte, sagte er: Darüber werden wir einmal ganz in Ruhe sprechen, vielleicht zu Weihnachten. Er wusste damals noch nicht, dass ich in diesen Tagen auch Geburtstag habe. Na ja, von den Engeln also! Und dann hat er das tatsächlich getan. Er hat zu Weihnachten zum ersten Mal wirklich von den Engeln gesprochen. Und seitdem weiß ich, dass die Engel mit den *Wegen des Schicksals* zu tun haben. Da war mir natürlich alles klar. Da war mir klar, dass es die Engel gibt – denn die Wege des Schicksals habe ich ja schon vorher in so unglaublicher Weise erfahren. Es gibt nichts, was unglaublicher wäre.

Ja, ich lebe, seit ich fünfzehn bin, genauer gesagt fünfzehn Jahre und fünfeinhalb Monate, mit einem Mann zusammen, der dreißig Jahre älter ist als ich. Und ich kann nicht die Leute zählen, die mich deswegen schon gefragt haben, die uns angeguckt haben, böse, empört, spöttisch, irritiert und was

weiß ich noch alles. Immer verstehen es die Leute nicht –
was ich verstehen kann –, und immer – was ich nicht verstehen kann – *denken* sie dann, sie wüssten, was man darüber
denken muss oder kann oder sollte. Als wenn es nicht nur
meine Sache wäre! Oder unsere. Aber es geht ja immer darum, dass ich viel zu jung wäre, ein Opfer, ein naives Ding,
ein was-weiß-ich. Es geht also nie darum, ob es *meine* Sache
ist – was es aber definitiv ist. *Wessen denn sonst?*
Ich kann also nicht verstehen, dass Leute denken, es wäre
ihre Sache – es wäre auch nur ihre Sache, etwas darüber zu
denken. Natürlich können sie darüber denken, was sie wollen.
Nur wissen sie nicht, wie hässlich sie dann sind. Wenn sie
über etwas irgendetwas denken, was gar nicht ihre Sache ist.
Absolut nicht. Wie könnte es ihre Sache sein, ob *ich* mit Wolf
zusammen bin?
Ich meine – auch da ist wieder diese unsichtbare Grenze. Die
sagt: ‚Du bist ein Mädchen, und das ist ein Mann. Wäre es ein
junger Mann, ja, dann könnten wir darüber reden. Ich meine,
jetzt bist du ... wie alt? Achtzehn? Gratuliere. Ja, dann, warte
mal, wir holen mal eben die Tabelle. Also warte, dann noch
die Brille. Und, ja, also hier steht es – siehst du? Hier. Hier
steht, dass, wenn du achtzehn bist, dass es dann gerade noch
normal ist, wenn du einen Mann von dreiundzwanzigeinhalb
Jahren kennenlernst und dich entscheidest, mit ihm zusam-
menzusein. Alles andere ist *nicht* normal. Nicht mehr normal.
Also *un*normal. Also müssen wir darüber denken. Wir müssen denken: Ach, wie unnormal ist *das* denn! Das arme Mädchen, das arme naive Ding. Und dieser Mann erst! Wie pervers ist der denn? Und, liebe Naemi, das müssen wir leider
denken – wir müssen! Wenn du das nicht verstehst, bist du
immer noch klein, obwohl du erwachsen bist. Sieh hier – diese Tabelle, da steht es drin. Soll ich dir eine Kopie machen?‘

Das ist es, was ich mein Leben lang gehasst habe. Das und
nichts anderes. Dass andere Leute über einen *bestimmen* kön-

nen – und sei es nur, indem sie denken, sie wüssten, was richtig ist, und andere nicht. Sie können es nicht! Jeder kann mit jedem zusammen sein – warum sollten je Andere darüber bestimmen können? Das wäre genauso wie in diesen schlimmen Science-fiction-Filmen, wo auch irgendwelche Menschen über alle anderen bestimmen – was sie tun dürfen, was sie essen dürfen, was sie denken dürfen, mit wem sie zusammen sein dürfen. Genauso verhalten sich alle, die uns entgegenkommen und denen die Augen herausfallen, weil sie den Altersunterschied sehen. Und ich denke, manchen Männern fallen die Augen heraus, weil Wolf etwas hat, was sie auch gerne hätten – nämlich mich.

Das Problem ist nur, dass niemand von denen versteht, was Wolf *noch* hat – wodurch er mich überhaupt nur haben konnte, weil *ich* mich nämlich für ihn entschieden habe. Aber wie gesagt, das alles geht *niemanden* etwas an. Und deswegen ist es so krass, so unglaublich, dass jeder trotzdem immer wieder etwas dabei *denkt*. Können die Leute nicht mal aufhören zu denken? Oder ein einziges Mal denken: Es ist in Ordnung. Da ist ein Mädchen, und das ist freiwillig bei diesem Mann, und es wird seine Gründe haben, und es ist *in Ordnung*. Und mit in Ordnung *meine* ich in Ordnung. Völlig in Ordnung. Ohne jede Ausnahme. Genauso in Ordnung wie achtzehn plus dreiundzwanzigeinhalb.

Aber wahrscheinlich wird man auf diese Welt noch lange warten müssen. Vielleicht werde ich schon lange tot sein, bis es diese Welt gibt. Wo die Menschen sich so in Ruhe lassen und akzeptieren, dass ein Mädchen mit einem Mann zusammen sein kann, ‚der ihr Vater sein könnte'. Wo diese Art von Einwänden völlig aufhört. Ich meine, was hat man nicht schon alles akzeptiert, mehr oder weniger? Dass Männer mit Männern zusammen sind, Frauen mit Frauen, Mädchen mit Mädchen. Aber *nicht* Männer mit Mädchen, Mädchen mit Männern. Das ist *nicht akzeptabel*. Wer sagt das? Ich meine wirklich: Wer sagt das? Wo steht das? Wer legt das fest? Wer? Die Männer? Die Frauen? Die Mädchen? Das will ich mal wissen. Es gibt niemanden, der das festlegt – und doch denken alle das Gleiche. Ist das nicht merkwürdig?

Natürlich haben Wolf und ich oft darüber gesprochen. Deswegen weiß ich so ungefähr, wie das kommt. Ich weiß es sogar in verschiedener Hinsicht. Aber das würde hier zu weit führen. *Ein* Punkt ist jedenfalls, dass es das Gleiche ist wie beim Mobbing. Die Menschen brauchen einfach etwas, worüber sie sich aufregen können; was sie verurteilen können. Sie brauchen das Fremde, das nicht Akzeptierte, um sich selbst akzeptieren zu können. ‚Seht her, ich bin ein Mensch, ich weiß, was richtig und gut ist – und du bist *nicht* richtig, und weil ich das weiß, bin *ich* richtig...'
Die ganzen Verbote sind *so* in den Köpfen drin, dass kein Mensch sie da wieder herauskriegt. Ein Mann und ein Mädchen, das ist *verboten* – und zwar egal was die beiden selbst darüber denken. Es ist *aus Prinzip* verboten. Einfach, weil es dieses Prinzip gibt – frag uns doch nicht, woher das kommt. Es gibt es, und damit Schluss. Sonst wäre es ja kein Prinzip.

Aber ich habe schon damals, als ich nicht zu der Party durfte, kurz bevor ich Wolf kennenlernte, geschrieben, was ich darüber denke. Prinzipien sind eigentlich verzauberte Monster. Sie sind zu Monstern *geworden*, aber nur, weil man sie zu Prinzipien gemacht hat. In Wirklichkeit sind es Pegasusse oder so etwas, die frei sein sollten, fliegen sollten, die die Menschen freilassen sollten – ich meine: die Prinzipien sollten die Menschen freilassen –, um so auch selbst erlöst zu werden. Und ich habe damals gesagt: Ich werde nie eure wahre Gestalt vergessen. *Ich* werde mich nicht von euch reiten lassen und glauben, ich würde euch reiten, sondern ich werde immer wissen, wer ihr in Wahrheit seid, und werde euch helfen, erlöst zu werden. Nun ... ich weiß nicht, wie ich das tun kann. Aber ich denke, einfach schon dadurch, dass ich mit Wolf zusammen bin, wird dieses *eine* Prinzip ein Stück weit befreit. Die anderen Menschen sind von ihm noch immer besessen, aber durch mich sieht es seine wahre Gestalt, nämlich, dass es *kein* hässliches, zwingendes Prinzip ist, sondern dass es die Menschen auch freilassen könnte. Und vielleicht tut es das eines Tages ... auch durch mich und vielleicht auch durch andere Mädchen.

Damit habe ich ja schon einiges gesagt. Aber dadurch, dass ich damit gleich erst einmal anfangen musste, zeigt sich ja schon, wie mächtig dieses Prinzip heute noch ist. Es hat mir sogar den Anfang meines Tagebuchs aufgedrängt...

Die Menschen wissen nichts davon, dass sich die Wege von zwei Menschen von Anfang an aufeinander zubewegen können. So sehr, dass der eine von beiden eigentlich schon nach dem anderen sucht, *bevor* dieser überhaupt geboren ist. Und dass er dann noch immer Jahre um Jahre warten muss, bis dieser alt genug ist. Und wie können die anderen Menschen glauben, er sei noch nicht alt genug, wenn dieser andere schon *so* lange gewartet und gesucht hat? Und dann treffen sie sich in einem einzigen Augenblick, was nur möglich ist, wenn tausend andere Dinge vorher passiert sind und genau so und nicht anders – und sie können sich auch nur deshalb *kennenlernen*, weil sonst das Mädchen weggelaufen wäre, und das ist es ja auch, aber es ist wiedergekommen.
Selbst mein Papa, der so unglaublich dagegen war, hat mitgeholfen, weil er mir die Party verboten hatte. Sonst wäre es so *nicht* passiert! Also mir kann keiner erzählen, dass es alles Zufall gewesen wäre. Ich weiß nicht, ob es Zufall gibt – *hier* jedenfalls gab es ihn nicht. Wenn auch nur *etwas* zufällig anders gewesen wäre, wären wir uns nie begegnet. Es musste *alles* so sein, wie es war, schon Jahre vorher... Ich meine, vielleicht hätten die Engel noch andere Wege gefunden, uns

trotzdem zusammenzubringen. Ausmalen möchte ich es mir nicht – es hätte zu viel schiefgehen können...

Ach, mein lieber Papa! Wie lange hat er gebraucht, um es verstehen zu können! Wie sehr wäre es fast alles völlig auseinandergegangen zwischen uns. Wie sehr habe ich schon geglaubt, ich hätte ihn völlig verloren, ich wäre schon mit fünfzehneinhalb erwachsen geworden, weil ich keinen Papa mehr hatte, nur noch einen herumwütenden, schreienden, drohenden Mann, den ich überhaupt nicht mehr als meinen Papa wiedererkennen konnte. Wir *waren* schon ganz auseinander, und dann war es Wolf gewesen, der uns gerettet hat – meinen Papa und mich. Ausgerechnet er! Er, den mein Vater so gehasst hat, obwohl er ihn überhaupt nicht kannte.

Wolf war es, der, als ich mit meinem Vater schon abgeschlossen hatte, so von ihm sprach – von dem, was ein Vater ist und was er alles tut und getan hat –, dass ich *weinen* musste. Ich musste wirklich weinen, ohne Ende, ich weiß es noch heute so, als wäre es erst gerade eben gewesen. Und das hat Wolf gemacht!

Und dann habe ich meinem Vater *eine* einzige Frage gestellt, nämlich, warum er mich nicht mehr liebhat, und dann hat es nur wenige Minuten gedauert, und wir lagen uns *beide* weinend in den Armen – und von da an war alles anders, von da an hatte ich meinen Papa wieder... Und ich meine, er hat noch immer Monate gebraucht, bis er begreifen konnte, dass es wirklich Liebe war, und ich glaube, er akzeptiert Wolf bis heute noch nicht, aber als ich siebzehn war, hat er es erlaubt, dass ich zu Wolf ziehe. Das hätte er nicht tun müssen. Er hätte bis achtzehn warten können. Aber er hat erlebt, dass es mir für immer ernst damit sein wird, und er hat nicht auf seinem Recht bestanden, nur bis dahin, und dafür liebe ich ihn, meinen Papa. Er ist *nicht* nach der Tabelle gegangen. Am Ende nicht mehr.

Wenn ich daran denke, dass er am Anfang noch gedroht hatte, Wolf ins Gefängnis zu bringen, weil es diesen Paragraphen mit der eventuell mangelnden ‚Fähigkeit zur sexuellen Selbstbestimmung' gibt! Wolf musste mir das alles erklären und auch, dass ich sehr wohl die Fähigkeit hatte, weil mir eben alles sehr klar war und ich nichts anderes wollte als das, was ich wollte. Aber ich glaube, diese Fähigkeit sprechen mir die Blicke, die uns begegnen, auch heute noch immer wieder ab, weil sie es nicht glauben. Oder sie glauben es vielleicht, aber sie wollen *selbst* bestimmen, mit wem ich ein sexuelles Verhältnis eingehe. Das ist es eigentlich! Die Leute haben ihre Tabellen im Kopf und schütteln bedenklich diesen Kopf, in dem die Tabelle ist, und sagen: ‚Tststs... liebes Kind, so geht das aber nicht. Du hast schön sexuell aktiv zu sein mit einem Mann, den *wir* dir vorgeben. Wir bestimmen nach wie vor über deine Sexualität, auch wenn du jetzt achtzehn geworden bist.' Es ist eigentlich unglaublich, wie sehr diese Blicke ins intime Privatleben gehen, wenn man es einmal genau betrachtet!

Dabei wissen diese Menschen nicht einmal, was wir tun. Sie sehen uns nur – sie sehen nur, dass wir zusammen sind, und das reicht schon. Wie absurd ist das denn? Sie wissen nicht, ob wir *überhaupt* etwas machen, wenn wir zu Hause und unbeobachtet in unseren eigenen vier Wänden sind. Sie wissen nicht, ob wir uns vielleicht nur zärtlich küssen oder streicheln, aber mit Sicherheit wäre ihnen auch schon das zuviel. Ich kann das nicht begreifen! Ich kann nicht begreifen, wie Menschen dahin kommen können, zu beurteilen, was andere Menschen dürfen und was nicht. Dass ein Mann kein Mädchen streicheln darf, dass ein Mädchen keinen Mann streicheln darf, dass es auch dafür Tabellen gibt, Verbote, Gedanken, die aus den Blicken *das* und nichts anderes sagen.

Und ich glaube, den Leuten ist überhaupt nicht klar, was sie da tun. Sie begreifen es selbst nicht einmal ansatzweise. Sie wissen überhaupt nicht, dass es in ihren Köpfen Tabellen gibt und dass sie nicht das Recht haben, andere Menschen zu beurteilen und nach ihren Tabellen mit ihren Blicken ‚tststs...' zu sagen und sich im Kopf auszumalen, was wir *noch* alles machen könnten, und dass schon das bloße Zusammensein auf der Straße ein Verbrechen ist, viel mehr aber noch das, was wir hinter verschlossenen Türen machen könnten. Wie können Menschen *so* sein!? Wie können sie nicht bei dem bleiben, was *sie* hinter verschlossenen Türen machen, und alles andere anderen überlassen, nämlich *uns*?

Das müsste man in der Schule lernen. Man müsste die Blicke erziehen! Aber dabei lernt man das doch sogar schon. Man lernt Toleranz, Verständnis für andere, von früh bis spät lernt man das. Und warum wendet man es dann nicht an? Warum wendet man es da, in diesem konkreten Fall, nicht an? Weil man *neidisch* ist? Der Mann auf Wolf? Und die Frau? Worauf sind die Frauen neidisch, die so gucken? Vielleicht auch darauf, dass sie nie gemacht haben, was sie eigentlich wollten? Und deswegen verurteilt man die anderen? Weil sie es einfach gemacht haben? Dabei kann doch *jeder* machen, was er will. Ich verstehe diese Blicke einfach nicht. Letztlich verurteilen sie ja fast alle Wolf, mich schon viel weniger. Aber *wenn* ihn jemand verurteilen darf, dann doch ich? Und warum sollte ich das tun? Ich meine, ich komme immer wieder an denselben Punkt: Warum überlassen die Leute es nicht *mir* – mir und uns?

Man kann in der Schule noch so sehr über Toleranz reden, wenn man nicht *begreift*, was es ist. Und es bedeutet nichts anderes als: Ich darf nicht glauben, zu wissen, was gut und richtig ist und was nicht. Ich darf es zwar glauben, aber wenn mir etwas anderes begegnet, dann muss ich es ihm überlassen, das zu tun, was *diese* Menschen für richtig halten. Ich darf einfach nicht über Andere urteilen! Das ist Toleranz, das und nichts anderes.

Wenn ich bloß sage ‚ich toleriere es', aber urteile *doch* – das ist keine wirkliche Toleranz. Dann hätte man nämlich genau diese ganzen Blicke, die in Wirklichkeit sagen: ‚Ich toleriere es eigentlich *nicht*.' Wie sollte das dann Toleranz sein? Ist es etwa Toleranz, wenn man mich oder Wolf gerade so nicht ins Gefängnis steckt? Das sagen die Blicke nämlich fast! Da kann man ja gleich sagen: ‚Also wenn Hitler das gesehen hätte...' Die Leute haben ihren eigenen Hitler im Kopf. Nämlich irgendetwas, was über den anderen *bestimmen* will, ganz und gar. Sie wollen nicht glauben, dass sie das gar nicht dürfen, nicht mal mit ihren Blicken. Sie wollen nicht glauben, wieviel das eine mit dem anderen zu tun hat.

Und dann gibt es die *Engel* unter den Menschen. Man könnte ja meinen, dass die Blicke der Leute immer schlimmer werden, je älter sie werden, weil es eben früher alles immer noch strenger war. Aber gerade in Wolfs Haus lebt eine alte Frau, die das Gegenteil beweist. Auch in seinem Haus haben viele sehr, sehr komisch geguckt, als sie es mitbekamen – also uns. Aber diese Frau nicht. Ich weiß nicht, ob sie *überhaupt* jemals komisch gucken kann. Ich glaube, sie kann *alles* verstehen – alles, was man eben verstehen könnte, wenn man es nur versuchen würde.

Und so habe ich mich einmal mit ihr unterhalten, und natürlich kam das Gespräch dann auch auf diese Frage, und ich habe sie gefragt: ‚Denken Sie denn gar nichts Komisches über uns?' – ‚Und sie sagte: Ach, Kindchen, ich sehe doch, wie es mit euch ist. Es ist schon alles in der Ordnung...' – In der Ordnung, sagte sie! Das bedeutet soviel wie in Ordnung. Oder sogar noch mehr als das. Und ich fragte sie: ‚Wieso sehen Sie das und andere nicht?' Und sie sagte: ‚Die anderen sehen nicht mit dem Herzen.' Das ist es nämlich!

Und ich fragte sie ganz ehrlich: ‚Stört Sie der Altersunterschied nicht?' Und da erzählte sie von den Altersunterschieden früher, und dass es da ganz egal war, wie alt das Mädchen war, und dass das heute ganz anders ist. Aber dass es heute wie damals eigentlich nur darauf ankam, dass man einander wirklich lieben würde, und das würde sie ja sehen... Eine bessere Antwort kann man eigentlich gar nicht geben! Wenn zwei Herzen sich lieben, dann sieht man das ebenfalls mit dem Herzen – und dann ist doch alles in der Ordnung. Ich meine, welche Ordnung sollte es denn noch geben als die der Liebe? Es *kann* keine andere Ordnung geben. Höchstens noch die des Kopfes. Da sind dann die Tabellen. Aber das ist keine Liebe mehr! Das sind Tabellen, böse Blicke und ein *Mangel* an Liebe. Das ist nicht in Ordnung. Das ist nicht in der Ordnung der Liebe – und deswegen falsch.

Seitdem habe ich fast keinen Menschen so gern gehabt wie diese alte Frau – außer Wolf und einige wenige andere. *Sie* hat es verstanden!

Ich schreibe morgen weiter...

Ich will dieses wunderschöne Tagebuch gar nicht weiter mit negativen Gedanken belasten. Nach dem, was ich gestern von der alten Frau schrieb, ist eigentlich auch nichts mehr weiter darüber zu sagen.

Nur vielleicht, dass es mich schon enttäuscht, wie selbst mir nahestehende Menschen darüber dachten und manchmal noch immer denken. Ich meine, ich war schon immer eher eine Einzelgängerin. Aber als ich in der zehnten Klasse Wolf kennenlernte, war ich mit einem anderen Mädchen locker befreundet. Sie hieß Sophia. Und sie ging dann auf Abstand, unsere Bekanntschaft zerbrach. Dabei bedeutet ihr Name Weisheit! Offenbar hatte sie Angst davor. Das, was ‚man' darüber dachte, war ihr zu mächtig – und sie konnte nicht etwas *anderes* darüber denken. Wenn doch nur die alte Frau auch ihre Nachbarin gewesen wäre...

An der Schule zog es auch große Kreise. Ich weiß nicht, wie viele mich auch dort gefragt haben, manche immer wieder. Und manche haben mich eben wirklich auch verspottet. Das ging so eine Zeitlang, bis es sich verlief. Er hätte auch anders kommen können. Wahrscheinlich war es nur deshalb nicht der Fall, weil die Jungen mich *selbst* hübsch fanden. In der Tat hat mich das glaube ich gerettet. So lebte an unserer Schule doch ziemlich viel Toleranz – viel mehr als in der äußeren, übrigen Welt. Da machte mein Aussehen die Blicke eher noch böser...

Und ich meine, gerade das werfen sie Wolf ja vor – dass er sich ein schönes Mädchen geschnappt hat. Sogar der Name stimmt dann auf einmal: Der Wolf und das Rotkäppchen. Nur dass das Rotkäppchen vom Wolf geschnappt werden *wollte*! Aber sie wissen gar nicht, wie Wolf eigentlich ist – und auch der Wolf, der nämlich ein friedliches, sehr soziales Tier ist.

Es ist völlig klar, dass Wolf sich auch in mein Aussehen verliebt hat. Das hat er nie abgestritten. Aber alle denken immer, das wäre alles gewesen. Sie übersehen, dass Rotkäppchen *mehr* war als nur ein schönes Mädchen. Ich habe ja selbst lange gebraucht, um es zu verstehen. Immer wieder sprach er davon – und es war mir immer zuviel, ich glaubte jedes Mal, dass er maßlos übertreibe; aber ich *sah*, dass er es so meinte! Und irgendwann musste ich einfach akzeptieren, dass es so war. Dass er das sah – und dass er etwas sah, was da war. Ich habe es mir damit wirklich nicht einfach gemacht. Ich habe immer wieder gestaunt, was er da sah...

Also die Leute gehen nur nach dem Äußeren. Sie sehen ein hübsches Mädchen – und sie sind *neidisch*. Das ist alles. Neidisch auf Wolf. Der, der das Rotkäppchen gefressen hat. Sie durften es nicht, aber er durfte.
Aber was sie nicht sehen, ist, wie sehr der Wolf das Rotkäppchen *leben* ließ – ja, sogar weglaufen. Wie sehr er gar nichts anderes getan hatte, als zu sagen: Ich liebe dich... Ja, genau so war es. Er hat im Prinzip nichts anderes getan, als dies zu sagen: Ich liebe dich. Was kann ich tun, um *deine* Liebe zu gewinnen? Nicht mit diesen Worten, aber genau so.
Und das – das und nichts anderes hat dem Wolf die Liebe des Rotkäppchens gewonnen. Dass er *nichts* tat – wirklich und buchstäblich nichts. Er tat nichts, als zu zeigen, was für ein wunderschönes Tier ein Wolf eigentlich ist. Äußerlich hässlich, bedrohlich, aber nur für die äußeren Augen. Innerlich aber das schönste Tier überhaupt. Man könnte darüber ein völlig neues Märchen schreiben.
Wolf ist wirklich das Schaf im Wolfspelz – äußerlich Wolf, weil er scheinbar schon viel zu alt ist, aber innerlich ein Mensch, den ich so nie wieder gefunden habe. Ich bin *so froh*, dass die kleine Naemi nur ein- oder zweimal weggelaufen ist – aber dass sie immer wiedergekommen ist und dass sie am Ende geblieben ist. Geblieben, weil sie gemerkt

hat, was los ist. Nämlich, dass sie gar nicht anders konnte, als sich schließlich auch in ihn zu verlieben. Arme, kleine Naemi – bis sie *das* begriffen hatte! Aber das gehört nach wie vor zu den schönsten Tagen und Wochen meines Lebens. Diese unglaublichen Augenblicke, dieses absolute Märchenreich.

Der Moment, wo er mich das erste Mal in den Arm genommen hat – wohlgemerkt: weil *ich* es wollte. Wo er so zaghaft und ängstlich war, wieder etwas falsch zu machen, und wo ich ihm sagen musste: Nein, richtig, nimm mich bitte *richtig* in den Arm... Ich weiß nicht, wie viele Menschen das haben, mit ihren gleichaltrigen Partnern, ich wünsche es jedem, ich hoffe, dass es viele haben – so wie ich.
Dieses absolute Glück. Immer wieder. Jeden Tag. Und immer anders.

Ich glaube, ich bin schon lange erwachsen. Wahrscheinlich hat Wolf das Ganze absolut beschleunigt. Ich meine, nicht nur dadurch, dass wir dann miteinander geschlafen haben. Einfach auch durch sein Alter. Durch das, worüber wir sprachen und sprechen, durch das, war er tat und tut, was er eben einfach ist. Er ist ein Mann, ein sehr reifer und eigentlich auch sehr weiser Mann. Ich kenne auch niemanden, der sich mehr Fragen stellt als er. Oder gestellt hat. Weiser als er ist vielleicht höchstens die alte Frau, die hier bei ihm im ersten Stock wohnt.
Ich meine, wie soll es anders sein? Als dass das irgendwie auf mich abfärbt? Wenn ich mich in meiner Klasse umschaue, wenn ich in die Gesichter sehe, wenn ich die Pausengespräche mitkriege, dann *fühle* ich mich mindestens fünf Jahre älter. Ich meine, einige werden jetzt auch langsam reif, was man eben so reif nennt, und schließlich machen wir jetzt im kommenden Frühling alle Abitur. Da sollte man das langsam erwarten. Aber trotzdem fühle ich diesen enormen Abstand. Ich meine, ich bilde mir darauf gar nichts ein. Ich stelle

ihn einfach nur fest. Ich stelle fest, dass es diesen Abstand anscheinend immer gab, weil ich Einzelgängerin war und blieb – spätestens in dem Moment, in dem mein Vater mir meine erste Party verbot und ich dadurch (!) Wolf kennenlernte, und dass sich dieser Abstand dann nur immer weiter vergrößerte, *weil* ich Wolf kennengelernt hatte.

Ich interessierte mich einfach nicht mehr für den ‚Kinderkram', den die anderen in der zehnten, elften Klasse einfach alle noch machen zu müssen glaubten. Nicht für die Drogen, nicht für die Musik, nicht für die Gespräche und ‚Themen', ich empfand das alles als so *kindisch*. Ich meine, obwohl es Jugendthemen und so waren. Aber so belanglos, so oberflächlich – und spätestens durch Wolf kannte ich diesen Unterschied und verstand ihn. Aber ich kannte ihn schon vorher, denn gerade das war es, worin er sich verliebt hatte. Er hatte es bei mir *gesehen*.

Ich kann eigentlich sagen, dass er mit dafür sorgte, dass ich nicht in eine solche Richtung abrutschte. Denn es hätte sein können, dass ich hätte dazugehören wollen und dafür all diese Dinge irgendwie mitmachen – wie auch immer. Dass ich zu wenig verstanden hätte, dass ich *anders* war und auch anders sein wollte. Aber selbst wenn ich nicht abgerutscht wäre, und wahrscheinlich wäre ich das gar nicht, habe ich durch Wolf so unglaublich viel gelernt, wie ich ohne ihn niemals gelernt hätte, auch in zehn Jahren noch nicht. Denn ich habe nie gehört, dass sich jemand anders *diese* Gedanken macht.

Bevor dies alles geschah, also bevor ich überhaupt wusste, wie weit das bei ihm ging, lernte ich seine *Zärtlichkeit* kennen. Das muss ich also unbedingt auch aufschreiben, um wirklich ehrlich zu sein. Und warum sollte ich es verschweigen, es liest ja niemand... Den einzigen Brief, den Wolf mir schrieb, um mich nicht zu verlieren, hatte mir mein Vater aus den Händen gerissen. Da las er, was niemanden als nur mich etwas anging. Da erklärte Wolf mir vollkommen aufrichtig, dass seine Liebe als die eines Mannes zu einem Mädchen *auch* bedeutete, das Mädchen streicheln zu wollen. Aber dass sie eigentlich nur bedeutete, sich zu wünschen, dass das Mädchen gestreichelt werden *möchte*. Nun ja, mein Vater las dies, und es war klar, dass er Wolf für immer hassen würde – weil er nur das verstand, was die ganze Welt verstand, wenn sie so etwas liest. Aber – es war eine *Tatsache*, dass Wolf mich niemals angerührt hat, niemals, bis *ich* ihn darum bat...

Und gerade *das* war seine Zärtlichkeit schon vor jeder Berührung. Ich habe noch nie jemanden erlebt, der so vorsichtig, so zärtlich – und zwar buchstäblich, mit tiefster Rücksicht und Achtung – war und ist wie Wolf. Gerade in *das* habe ich mich verliebt, in das und nichts anderes. Von niemandem fühlte ich mich je so ernst genommen wie von ihm. Und ich war fünfzehneinhalb! Ich war es *gewohnt*, dass mich niemand ernst nahm, wirklich niemand, ich meine, nicht in tieferer Hinsicht. Aber er *nahm* mich ernst! Und warum? Weil er mich abgrundtief liebte. Auf seine unglaubliche Weise. Auf die Weise, dass er mich eher weglaufen ließ, als mich festzuhalten. Auf die Weise, dass er eher darum bat, ich möge seinen Brief annehmen, als mich festzuhalten. Auf die Weise, dass er eher zu Hause Tränen um Tränen weinte, vor denen er seinen Brief schützen musste, als mich festzuhalten oder auch nur zu *berühren*. Und gerade damit *berührte* er mich, berührte er mein Herz – und ich *blieb*. Er gewann mich gerade ohne jede äußere Berührung, weil er mich nicht ein einziges Mal anfasste. Sondern weil er so unglaublich vorsichtig war, so absolut hilflos, unbeschreiblich hilflos...

Aber nicht hilflos im äußeren Sinne, nicht tolpatschig, nicht wie ein Junge, nur älter. Das Ganze ging viel, viel tiefer. Man muss sich *wirklich* vorstellen, dass er bereits zwanzig Jahre lang jemanden wie mich – oder genau mich – gesucht hatte, und dass er *dann* vor mir stand und wusste: ich darf sie nicht berühren, ich kann nur versuchen, ihr Herz zu berühren... Das muss man sich bis in alle Tiefe vorstellen – dann hat man Wolf und dann hat man, *was* mich berührt hat...

Denn da war zugleich dieses unglaublich Friedliche, Ruhige, fast Weise, das so friedlich war wie ein Lamm, wirklich. Ich meine, er sprach mit mir über den tiefen Frieden eines *Sonnenunterganges*. Das war das Allererste! Und dann nahm er mich mit auf den Friedhof – um die Stimmung und Atmosphäre dieses Ortes zu spüren! Eine Stimmung, die überhaupt nicht tot ist, sondern einfach nur *friedlich*, aber lebendig-friedlich. Solche Dinge lernte ich von ihm – und dadurch erlebte ich, was *er* für ein Mensch ist. Solche Dinge waren es, die mich unglaublich berührten. Und, nicht zu vergessen, wie er meinen *Namen* aussprach. Das war das Allerberührendste. Er sagte ihn einfach nur – aber so, wie ihn niemand anders sagte. Bei ihm spürte man, dass er mich zutiefst liebte, aber da war es mir niemals unangenehm. Ich spürte einfach nur: Hier ist der erste Mensch, der mich und meinen Namen wirklich liebt, der allererste... Naemi...

Ich kann es nicht beschreiben. *Das* ging über alles, was man in Worte fassen kann. Er sagte es einfach nur. Naemi... Und doch war es immer unbeschreiblich. Und ist es bis heute.

Aber ich wollte von seiner Zärtlichkeit schreiben. Aber man merkt, diese Zärtlichkeit lebte in allem. Sie lebte ganz und gar darin, wie er meinen Namen aussprach. Wie er mit mir über Dinge sprach. Wie er mir das Wesen der Spatzen beschrieb! O, mein Gott, je mehr ich an all das denke, desto mehr fällt mir ein. In *allem* lebte und lebt das, was er die Zärtlichkeit der Seele nennt. Also nicht körperliche Zärtlichkeit, sondern schon vorher. Diese unglaubliche Vorsicht, diese Sanftheit, die Dinge zu betrachten, dieser wirkliche Ernst. Ich meine, wer nimmt sich diesen Ernst, so über die Spatzen zu sprechen? Er beschrieb, wie man es machen musste, damit sie, damit ihr Wesen die ganze Seele erschütterte. Und das tat es dann! Er beschrieb die absolute Hingabe der Seele – und wusste, wovon er sprach!

Und nur *deshalb* konnte er auch körperlich so zärtlich sein. Wenn ich nur daran denke, möchte ich mit ihm ins Bett – oder zumindest in seinen Armen liegen. Manchmal frage ich mich, wie zärtlich ein Junge sein kann oder wirklich ist. Das habe ich ja nie kennengelernt. Aber es würde auf jeden Fall anders sein. Denn, was in Wolfs Zärtlichkeit auch noch lebt, ist diese unendliche Dankbarkeit, diese Verwunderung, mich zu *haben*, mich streicheln und lieben zu dürfen, von mir geliebt zu werden.
Ich schäme mich manchmal, wenn ich das sehe. Ich denke immer, ich habe das doch gar nicht verdient. Ich muss es dann einfach vergessen, darf einfach nicht daran denken. Aber es ist *so* unbeschreiblich schön, seine Zärtlichkeit wird dadurch wirklich überirdisch schön, nicht zu beschreiben, von Anfang an nicht... Ich brauche nur zu sehen, wie er mich liebt. Er braucht mich nur einmal zu küssen – und ich schmelze dahin und küsse *ihn*...
Nun gut, das kann man immer noch niemanden erklären, der es nicht versteht, wie man einen ‚alten Mann' lieben kann. Aber für mich ist er nicht alt. Für mich ist er Wolf, er ist

dieser Mann, und ich sehe, dass er alt ist, aber er ist nicht *zu* alt, und er ist dieser Eine, der mich unbeschreiblich *mehr* liebt, als jeder andere es je könnte.

Ich glaube, ich sehe in jedem Augenblick zugleich den, der so liebend um meine Gegenwart bat; der so verzweifelt um mich weinte, sogar vor meinen Augen; der so unbeschreiblich von meinem Vater redete und ihn mir wiederschenkte; der tausend Dinge tat, die alle mein Herz unsagbar rührten – all das sehe ich in jedem Moment. Und *dann* kommt er und berührt mich zärtlich, streichelt mein Haar, küsst mich sanft – und ich sehe und erlebe alle zärtlichen Augenblicke, die wir schon hatten, alle Nächte, all das, und seine Zärtlichkeit lässt mich dies *erinnern*, und ich will es wieder haben, mein Körper will es wieder haben, ich sehne mich nach seiner Zärtlichkeit, sobald sie mich auch nur berührt...

Glaube es, wer will – sein Alter ist wirklich das Letzte, was mich in dem Moment interessiert. Selbst sein Alter ist in dem Moment unglaublich anziehend. Ich meine, er ist viel jünger als George Clooney, oder wie sie alle heißen. Er hat noch kein einziges graues Haar. Hallo? Gibt es vielleicht ein Mädchen, was einmal heimlich mit George Clooney schlafen möchte, weil es sich geliebt fühlt? Ich möchte *nicht* mit George Clooney schlafen – aber mit Wolf schon.

Ich habe mir wirklich viele Gedanken darüber gemacht. Ich habe mal den Film ‚Braveheart' gesehen. Das ist im Grunde eine unglaubliche Liebesgeschichte zwischen dem schottischen Freiheitskämpfer William Wallace und der schönen Murron. Nur dass sie schon ganz am Anfang getötet wird – was ihn überhaupt erst zum Freiheitskämpfer macht. Einmal kurz begegnen sie sich schon als Kinder – da ist sie sechs oder sieben, und er ist vielleicht dreizehn. Aber später dann lieben sich Mel Gibson und Catherine McCormack. Aber sie ist in Wirklichkeit erst Anfang zwanzig und er Ende dreißig. Also ein kleiner Unterschied auf einmal. Und trotzdem passen sie so wunderbar zueinander, ihre Liebe ist absolut wahr! Ich will damit nur sagen, dass für die Frauen das Alter viel weniger wichtig ist.

Für mich gab es von Anfang an zwei Reiche – und er hat mir von Anfang an beigebracht, das eine zu verlassen, wenn es notwendig wurde. Es gibt die bloß äußere Welt – da hat man Körper, die können mehr oder weniger alt sein, und da hat Wolf einen schon älteren Körper, er ist eben schon ein etwas älterer Wolf. Aber wen interessiert das? Die andere Welt dagegen ist die eigentlich wahre Welt. Da beginnt die Zärtlichkeit, da beginnt die Liebe, da beginnt auch die eigentliche Erotik.

Und es kann sein, dass man vor der Dusche steht und man kurze Zeit die erste Welt hat, die Bloße-Körper-Welt, die einem eine Illusion vorgaukelt, die einen vielleicht abschreckt, weil es so merkwürdig ist, da ein alter Körper, hier ein junger Körper. Aber dann zieht der *Mensch*, der den älteren Körper hat, einen zärtlich aus, man spürt seine Liebe, seine Sehnsucht, aber wirklich vor allem seine *Liebe*, sein zärtliches Begehren, von dem man selbst erregt wird, und dann geht man zusammen in die Dusche, und er hat sie bereits angemacht, damit es für einen schön warm ist, und dann flüstert er, dass ich mich auf den Rand stellen soll, weil wir dann gleich groß sind, und wenn wir dann beginnen, uns zärtlich zu küssen, und das warme Wasser regnet auf uns herab, und wenn er dann beginnt, mich zu streicheln... Ich meine, es geht dann nicht mehr um das Alter. Es geht dann nur noch darum, dass seine Zärtlichkeit einen völlig entführt, weil man nicht fassen kann, dass irgendjemandes Liebe *so* schön sein kann.

Und das Erotische! In den Filmen wird das immer nur angedeutet – und es geht auch gar nicht anders. Ich hätte als Mädchen nie gedacht, dass Erotik so schön sein kann. Ich meine: Ich glaube nicht, dass das mit einem Jungen meines Alters möglich wäre, dass es das geben würde, nicht so. Ich will damit nur sagen: Es *gibt* mit einem Jungen keine Erotik. Es gibt entweder Zärtlichkeit oder Sex oder zärtlichen Sex, aber keine Erotik.

Na gut, vielleicht. Auch ein Junge könnte ja mit einem duschen... Aber es wäre nicht dasselbe. Es wäre vielleicht sogar ,erotischer' im Sinne von erregter. Bei Wolf aber ist es gerade dadurch erotisch, dass er – also dass ich von *seiner* ,Erregung' nichts merke, ich merke nur seine Liebe, und zwar als Zärtlichkeit. Als sehr erotische Zärtlichkeit dann. Aber erotisch nur deshalb, weil es so derart zärtlich ist... So zärtlich, dass es erotisch wird. Aber nicht etwa pervers oder so. Sondern gerade *zutiefst* zärtlich.

Ich habe mich immer geschämt, dass nur *ich* so ganz besinnungslos davon werde, weil es so unglaublich schön ist. Aber er hat mir dann immer wieder erklärt, dass es für ihn genauso schön ist und gerade meine Hingabe, mein ,Dahinschmelzen' das Schönste ist, was es für einen Mann überhaupt nur geben kann. Da wusste ich wieder mehr... Und wie gern habe ich ihm *das* dann geschenkt, denn ich konnte ja gar nicht anders... Trotzdem brauchte ich sehr lange, um zu verstehen, dass das für einen Mann das Allerschönste sein kann, denn in diesen furchtbaren Pornofilmen – oder sagen wir, Sexszenen, die an so was angrenzen, zum Glück habe ich überhaupt nur ein oder zwei gesehen –, stöhnen ja auch die Männer immer ganz furchtbar, und das fand ich wirklich abartig, von ihren Bewegungen ganz abgesehen.

Für mich wirkt das immer tierisch und gezwungen. Man zwingt sich und den anderen zum Höhepunkt. Furchtbar! Wie kann so etwas schön sein? Mit Wolf kenne ich nur den zärtlichsten Sex, den man sich überhaupt vorstellen kann – und gerade dieser ist so unglaublich, so unbeschreiblich, so absolut märchenhaft. Selbst was ich ‚erotisch' nenne, ist, wenn es da ist, ganz und gar *darauf* basierend.

Also gut – das reicht jetzt als Ausflug in Naemis Liebesleben. Nur noch soviel: Selbst hier ist mein Name für ihn ein Heiligtum. Ich kann es nicht fassen. Immer wenn ich versuche, es auch nur nachzumachen und ‚Wolf' genauso schön auszusprechen, komme ich mir darin armselig vor. Ich weiß, dass es für ihn nicht so ist, und das tröstet mich, sonst würde ich es nicht aushalten. Trotzdem kann ich mich nur schämen, wenn ich daran denke, wie er *meinen* Namen ausspricht. Ich fühle mich dann so wirklich absolut jenseits jeder Beschreibung geliebt, ich *höre* es, wie er mich liebt – aber nicht so, wie jemand einen Namen stöhnen würde: ‚O, Naemi...', das wäre ja wieder furchtbar, sondern es ist das volle, wirklich das volle Gegenteil. Ich fühle dann auch, dass etwas von ihm in Liebe für mich dahinschmilzt, aber es hat nichts von dem, was ich eben meinte. Sondern was ich eigentlich höre, ist, dass ich in dem Moment für ihn wirklich ein Engel bin – nicht *wie* ein Engel, sondern fast *ein* Engel. Das höre ich. Und das ist so unbeschreiblich. Und mein Name klingt so wunderschön, wie wenn er direkt aus dem Himmel käme... Ich kann es nicht glauben, es ist unmöglich. Und doch ist es wahr. Immer, und nur von ihm...

Na-e-mi... Ich rätsele an meinem Namen herum, seit ich ihn kenne – ich meine Wolf. Ich versuche, meinen Namen genauso auszusprechen, genauso zu denken, zu hören. Aber nur wenn *er* ihn ausspricht, hört er sich so wunderschön an. Ich kann es nicht! Dabei *ist* er wunderschön. Das weiß ich ja, seit er ihn zum ersten Mal ausgesprochen hat. Trotzdem kann ich es nicht. Aber seitdem liebe ich ihn. Er hat gesagt, es bedeutet ‚lieblich, die Liebliche' – und selbst das sei noch eine Untertreibung...

Es ist der einunddreißigste Dezember, und wir sitzen auf dem Sofa, und ich schreibe in mein Tagebuch, und er sitzt am anderen Ende, um mich ganz freizulassen, und liest ein Buch und schaut mich manchmal an, minutenlang, und ich weiß es und finde es wunderschön und weiß, dass er es erst recht wunderschön findet... Was ist das Geheimnis der Liebe? Ist es dies? Sich anzuschauen oder sich angeschaut fühlen und zu wissen, dass man glücklich ist? Die bloße Gegenwart des Anderen – dieses ungeheure Glück, schon *dadurch* glücklich zu sein? Das muss es wohl sein... Und vorhin lag ich in seinem Schoß, ganz lange, eine halbe Stunde mindestens, und er streichelte nur mein Haar, und wir sagten weiter gar nichts, aber wir wussten, es ist Sylvester, und das dritte Jahr, in dem wir uns kennen, geht zu Ende.

Vielleicht gehen wir nachher noch spazieren. Es hat gestern ein wenig geschneit, und der Schnee ist liegengelieben. Nicht viel, aber immerhin so viel, dass die Bürgersteige fast weiß geblieben sind, wenn er nicht wieder erbarmungslos weggefegt und weggeschoben wurde. Aber es gibt genügend Seitenstraßen, wo man nur etwas Granulat gestreut hat, und wir waren auch bereits im Wald, gestern schon, und das war wunderschön. Wir werden keine Raketen in die Luft schießen. Vielleicht werden wir ein wenig am Fenster stehen oder auch nach draußen gehen, aber ich glaube eher nicht nach draußen. Und dann werden wir uns ansehen, und wir werden anfangen, uns zu küssen, und dann werden wir ins Bett gehen und, während es draußen weiter knallt, uns weiter zärtlich küssen, immer inniger... Wenn ich daran denke, will ich es fast schon jetzt. Und dann schaue ich zu ihm, und er lächelt, und ich hoffe, dass ich nicht rot geworden bin...

Es gab einen einzigen Moment in den letzten zweieinhalb Jahren, wo ich Angst hatte, dass dies normal wird – dass dieser Zauber verschwinden würde, dass wir immer mehr nur noch ‚einfach so' miteinander ins Bett gehen. Und weil ich das spürte, ich meine *meine* Angst, und weil ich von Anfang an absolutes Vertrauen in ihn hatte, weil er es wirklich nie, niemals, enttäuscht hatte, sagte ich ihm dies. Und er lächelte, und doch fühlte ich mich auch in diesem Moment von ihm völlig ernst genommen, und er sagte: ‚Wir werden eine Woche lang nicht miteinander schlafen.' Ich war bestürzt von dieser Antwort. Ich war entsetzt. War es überhaupt eine Antwort? Aber ich wusste sofort, dass es eine Antwort war, und wie Recht er damit hatte. Ich sagte mir: Gut, so machen wir es. Das werde ich schon schaffen! Aber ich schaffte es keine vierundzwanzig Stunden.

Schon vor Ablauf dieser vierundzwanzig Stunden versuchte ich, ihn zu verführen. Ich küsste ihn zärtlich, aber er ließ es zu, ohne einen winzigen Schritt weiterzugehen. Ich musste aufgeben. Ich versuchte es wieder. Ich bat ihn. Ich flüsterte. Ich bettelte. Es half alles nichts. Durch das *Verbot*, durch seinen ‚Beschluss', wurde ich verrückt vor Sehnsucht. Von dem Moment an wusste ich, wie sich ein Drogensüchtiger fühlen musste, der auf Entzug war. Es war schlimm! Es war furchtbar. Es war nicht auszuhalten. Ich zitterte vor Erregung, vor Entbehrung. Mein Körper glühte, er war erfüllt mit Sehnsucht, bis obenhin. Ich bettelte wirklich zitternd...

Und natürlich konnte er mich nicht leiden sehen... Am dritten Tag hat er mich erlöst, indem er seinen Beschluss nicht zum Prinzip erhob. Und, mein Gott, ich hatte noch nie so wahnsinnig vor Sehnsucht mit ihm geschlafen. Ich war wirklich besinnungslos – ich war einfach nur dankbar, dass er mit mir schlief. Es war un-fass-bar.

Seitdem gab es nie wieder das Gespenst der Gewöhnung. Nicht auf diesem Gebiet. Es war ausgerottet, es war völlig vernichtet.

Wenn ich nur an diese Tage denke, bekomme ich schon eine Gänsehaut. Ich habe damals sogar gedacht, ich sei sexsüchtig. Aber ein paar Tage später gestand er mir, dass es ihm fast ebenso gegangen sei. Er hatte nicht nur mich leiden sehen, er hatte fast ebenso sehr gelitten – und das alles nur ertragen, weil er eben ein Mann sei... Da wusste ich und erinnerte ich mich wieder, dass er schon viel, viel mehr ertragen hatte. Er hatte *zwanzig Jahre lang* auf mich verzichten müssen...

Ich muss jetzt das Thema wechseln, sonst halte ich es nicht bis Mitternacht aus.

Wolfs großes Thema ist die Unschuld... Das glaubt man nicht, wenn ich die ganze Zeit über die Liebe spreche, ich meine, das Miteinanderschlafen, dieses Zärtlichste überhaupt. Und doch – warum sollte sich das widersprechen? Ich erwähnte bereits, dass Wolf meine Hingabe liebt, und dass er sagt, dass das bei Männern generell so ist, wenn sie nicht bereits vom Dämon der groben Sexualität besessen sind. Und er sagt, Hingabe ist dasselbe wie Unschuld. Weil die Schuld gerade darin besteht, sich nicht mehr hingeben zu können, sondern selbstbezogen zu werden. Er sagt, die Mädchen sind die Lehrerinnen der Unschuld, weil sie die Hingabe lehren...

Er sagt manchmal die Dinge so unglaublich einfach und so unglaublich schön. Man kriegt auch da wieder eine Gänsehaut, wenn man merkt, dass er von einem selbst spricht, also von mir, ich bin ja ein Mädchen...

Also er hat es mir ausführlich erklärt, ich meine, zweieinhalb Jahre sind ja lang, wir haben schon so unendlich viel miteinander besprochen, und eben auch darüber. Die Kirche hat die Sexualität verdammt, aber überhaupt die Körperlichkeit, also bis hin zu der heiligsten Zärtlichkeit. Zwischen Mann und Frau – oder Mädchen – durfte *nichts* sein. Alles, was da war,

war nicht heilig. Und so entstand der Gegensatz. Aber es ist gar kein Gegensatz, denn die Zärtlichkeit *ist* heilig. So einfach ist das. Zärtlichkeit ist Liebe, und zwar selbstlose Liebe. Zärtlichkeit *ist* Liebe! Kann die Kirche gegen die Liebe sein? Nein, sie kann es nicht. Denn es *geht* um die Liebe!

Und durch Wolf habe ich das alles verstanden – etwas, was einem das Herz ja auch selbst sagt. Und die alte Frau aus dem ersten Stock hat es ja auch verstanden – weil es ja eigentlich so klar ist, so unglaublich klar. Sex und Unschuld sind kein Gegensatz, absolut nicht. Es kommt nur auf eines an: Dass der Sex unschuldig bleibt. Und das bleibt er, wenn er durchdrungen ist von Zärtlichkeit, von tiefer, zärtlicher Liebe...
So gesehen ist Sex nur Körperkontakt, Geschlechtsverkehr. Er ist weder gut noch schlecht. Er *wird* erst eines von beidem, je nachdem, was in ihm lebt. Entweder bloße Lust – oder heilige Zärtlichkeit. Denn die Zärtlichkeit ist *bei dem Anderen*. Und die Lust nur bei sich.

Das Schwierigste für mich war, zu verstehen, wieso *ich* nicht bei dem Anderen war – weil mich Wolfs Liebe immer wieder so unglaublich besinnungslos werden ließ. Aber er öffnete mir die Augen dafür, dass ich sehr wohl bis zuletzt bei *ihm* war, dass gerade die Hingabe das allertiefste Bei-dem-Anderen-Sein ist – und dass der Höhepunkt der Frau eben auch der Höhepunkt des Nicht-bei-sich-Seins ist, sondern eben gerade dieses Dahinschmelzen.
Dann wäre noch die Frage, wieso ich es gar nicht ohne aushielt, wieso ich in diesen drei Tagen fast verrückt vor Sehnsucht danach wurde. Aber auch das war ja nicht einfach eine Sehnsucht nach Sex – sondern eine Sehnsucht nach *ihm*, nach seiner Zärtlichkeit. Nicht nach irgendeiner. Ich hätte sehr gut wochenlang ohne einen Mann oder Jungen auskommen können. Aber nicht einen Tag ohne ihn, wo er doch da war!

Ich war buchstäblich so sehr bei ihm, dass ich gar nicht mehr bei mir war, ich war wie von Sinnen vor Sehnsucht nach *ihm*. Das ist nicht sexsüchtig, das ist unschuldige Sehnsucht. Ich brauchte sehr lange, um den Unterschied zu verstehen. Aber es ist der gleiche Unterschied wie zwischen Sehnsucht und Lust. Ich hatte keine Lust, obwohl mein Körper vor Sehnsucht zitterte, aber das ist ein *Unterschied*. Man kann ihn kaum weiter erklären, aber man kann ihn verstehen – weil man ihn fühlen kann, wenn man sich Mühe gibt, ihn zu verstehen.

Trotzdem – ich muss jetzt unbedingt das Thema wechseln, sonst hält es selbst meine unschuldigste Liebe vor Sehnsucht nicht mehr aus...

Aber ein Wort noch: Ich würde mich zum Beispiel nie selbst befriedigen. Das ist der Beweis dafür, dass es nicht um Lust geht – denn da gäbe es ja quasi keinen Unterschied. Ich habe gehört, man kann es sich sogar viel lustvoller ‚selbst machen‘, als wenn man dem anderen sagen würde, wie man es gerne hätte. Nicht lange diskutieren – selbst machen. Aber darum geht es mir überhaupt nicht, *das* finde ich wirklich pervers. Es geht nur mit einem anderen Menschen – und zwar nur, weil man diesen anderen Menschen so unglaublich liebt. Man möchte sich *ihm* hingeben – ganz und gar. Man möchte auch seine Liebe bekommen, in sich aufnehmen, man möchte sich geliebt fühlen, und tut das ja auch, aber zugleich und gerade deswegen möchte man alles von sich hingeben. So, wie man beschenkt wird, möchte man *sich* schenken. Und das ist Unschuld. Und Schuld wäre, wenn man nur bekommen wollte.

Was ich dann am Anfang noch nicht verstanden habe, war, warum er immer wieder sagte, dass meine Unschuld ganz am Anfang stand, noch vor allem Bekommen-Wollen. Aber er sagte, selbst dieses Bekommen-Wollen sei bei mir ganz unschuldig. Ich würde mich sogar im Hinnehmen noch hinge-ben... Nun, darüber freue ich mich natürlich. Ist es doch ge-rade das, was er so liebt. Und allmählich verstand ich es. Und allmählich verstand ich überhaupt immer mehr, was er mit Unschuld meint. Ich verstehe, dass die Unschuld das Leuch-ten in dieser Welt ist. Und ich *möchte* unschuldig sein... Das ganze ist ein großes Thema, und ich hoffe, ich kann in den nächsten Tagen weiter darüber schreiben.

Also gut, Unschuld, das große Thema...

Womit soll ich anfangen? Ich erinnere mich, wie ich vor ihm davonlief, als er das erste Mal fragte, ob er mich in den Arm nehmen dürfe. Dem ging ein wunderschöner Moment voraus, in dem ich mich unsäglich wohl und geborgen fühlte. Und dann fragte er dies – und der Moment zerbrach. Da war ich noch *jenseits* der Erkenntnis, ob ich auch ihn lieben könnte. Da war er noch nur ein älterer Mann, von dem ich mich unglaublich verstanden und geachtet fühlte. Ich wusste natürlich schon, dass er mich liebte – aber noch nichts weiter. Ich meinte damals wohl noch, es könnte nie umgekehrt sein. Dabei liebte ich ihn irgendwo längst, jedenfalls begann es alles schon. Denn ich fragte ja bereits, ob seine Nachbarin, die ihm den Notenständer für mein Harfespiel ausgeliehen hatte, hübsch gewesen sei! Ich war bereits eifersüchtig und begriff noch immer nicht! Und dann fragte er mich, ob er mich einmal in den Arm nehmen dürfe – und ich lief weg!

Mein Vater hatte ganze Arbeit geleistet. Mein Vater und natürlich die Vorstellungen, die in der Welt davon existierten: ‚Mann und Mädchen'. Natürlich wollte ich auch nicht, dass er mich nur liebte, um mich in den Arm nehmen zu können, zu streicheln, ins Bett nehmen... Das alles spukte in meinem Kopf herum, und, wie gesagt, ich war ja auch erst fünfzehneinhalb. Für mich war das eben leider auch ein und dasselbe: Mann = alt. Streicheln = Missbrauch. Er war gerade dabei, ein unglaublich guter Freund zu werden, *obwohl* er mich liebte, wie ich wusste. Aber als er mich in den Arm nehmen wollte, überschritt er eine Grenze, und ich flüchtete Hals über Kopf, kopflos, tief enttäuscht und verletzt.
Aber wie gesagt – dass ich ihn zu dem Zeitpunkt längst selbst irgendwo liebte und irgendwo in meiner Seele in seinen Arm genommen werden *wollte*, das verstand ich da nicht. Das wa-

ren zwei völlig verschiedene ‚Abteilungen' in meiner Seele. Die eine wusste von der anderen nichts. Sehr, sehr merkwürdig war das.

Heute kann ich nur sagen: Zu dem Zeitpunkt war meine Liebe zu ihm noch absolut unschuldig. Sie äußerte sich nur in einer zarten Eifersucht gegenüber seiner Nachbarin, die möglicherweise hätte hübsch sein können... Absolute Unschuld. Eine Liebe, die noch nicht einmal von sich selbst etwas weiß...

Ja, und dann schrieb er mir eine SMS – und selbst die konnte ich in meiner Verletztheit über seinen ‚Vertrauensmissbrauch' kaum lesen, denn ich dachte noch immer, er wollte also doch nur auf ‚das Eine' hinaus. Aber dann schrieb er am Ende, ich solle an Eurielles Lied ‚Hate me' denken – das ich gar nicht kannte, aber ich liebte Eurielle, und er wusste es, ich hatte es zwei Tage zuvor erwähnt. Und *das* berührte mich, dass er um meinetwillen nach Eurielle gesucht haben musste, schon gleich an jenem Tag, wo ich davon erzählt hatte. Und dann hörte ich das Lied – und es war um mich geschehen. Es war das wundervollste Lied, das ich bis dahin je gehört hatte, und der Text und die Melodie ließen mich weinen, ohne dass ich aufhören konnte...

Und dann dauerte es noch einen Tag, bis ich mir klar darüber wurde, was eigentlich mit mir los war – oder wozu ich fähig sein könnte. Und dann ging ich zu ihm... Und ich knüpfte den abgerissenen seidenen Faden wieder an, und er wurde wieder zu Gold, und alles war, wie ich es mir vorstellte, vor allem in meinem Inneren, und dann ... dann bat ich ihn, mich in den Arm zu nehmen... Und das war es. Ich konnte nicht mehr aufhören, mich hinzugeben – und wir landeten in seinem Bett, *weil ich es wollte.*

Aber warum erzähle ich das alles? Weil es von Anfang an bis zum Ende vollkommen und ganz und gar unschuldig war. Ich war unschuldig – und er war unschuldig. Er schickte mir diese verzweifelte SMS und bat mich am Ende, an Eurielles Lied zu denken. Und darin sang sie davon, dass ein ‚Er' eine ‚Sie' bat, dass sie ihn sogar hassen könne, wenn nur... Und ‚Sie' wird davon gerührt, hört auf, wegzugehen, und er hört dadurch auf, zu fallen... Man muss es selbst hören. Es ist unfassbar rührend. Ich möchte damit sagen, es löst sich alles auf in dieser Rührung, in dieser absolut hilflosen Bitte, in dieser – in dieser absoluten Unschuld...

Es geht nicht darum, dass er mich nicht *streicheln* wollte – das wollte er. Er sehnte sich wahnsinnig nach mir. Aber es geht darum, dass er absolut hilflos war – und dass er mir nie etwas getan hätte, nie. *Das* ist Unschuld.

Das war eine etwas merkwürdige Einleitung, denn eigentlich will ich ja davon sprechen, dass ihm die Unschuld so wichtig ist, dass er sie bei *mir* sofort sah – und zwanzig Jahre auf so jemanden gewartet hatte, nie so jemandem begegnet war, obwohl er dies immer gesucht hatte. Vielleicht war mir dies so peinlich, dass ich doch erst einmal zeigen musste, wie unschuldig *er* ist.
Und das sagt er auch – nämlich, dass man immer nur soviel Unschuld erkennen kann, wie man selbst in der eigenen Seele unschuldig geworden ist. Ich glaube also, dass er nur deshalb eine so große Sehnsucht nach der Unschuld hat, weil *seine* Seele so unschuldig ist. Er fühlte sich all die Jahre ebenso allein, wie ich mich allein fühlte, anders als die anderen. Nur deswegen ist es für ihn so ungeheuer wichtig, eine so ungeheure Sehnsucht. Er suchte etwas *Verwandtes*.

Aber das hatte nun wieder mit dem Sonnenuntergang zu tun. Mit der Frage, ob die Seele etwas erleben kann bei einem Sonnenuntergang. Und was? Nur, dass er eben schön ist? Oder etwas Tieferes? Etwas sehr viel Tieferes. *Warum* er schön ist...

Und es hat mit dem Friedhof zu tun. Ob man die Atmosphäre eines Ortes erleben kann, empfinden, in der Seele. Und mit den Spatzen. Ob man erleben kann, wie süß sie sind – und *warum*. Dass es in Wirklichkeit um viel mehr geht, als darum, dass sie ‚süß‘ sind. Und ich habe durch ihn verstanden, dass es bei alledem um die Frage geht, ob die Seele sich *hingeben* kann. Denn nur dann kann sie erleben, in aller Tiefe. Wie auch sonst? Hingabe aber ist Unschuld. Wenn die Seele sich nicht hingeben kann, kann sie nur bei sich bleiben – und dann ist sie nicht mehr unschuldig...

Und Wolf sagte, das ist die Krankheit unserer Zeit. Eine Krebskrankheit. Der Krebs bleibt auch bei sich, er denkt nur an sich und wuchert und wuchert, und alles andere interessiert ihn nicht. Das ist die Krankheit der Seele. Es ist das Gegenteil von Sanftheit, von Zärtlichkeit, von Interesse, Zuwendung und Liebe... Es ist die *verlorene Unschuld*. Das ist das große, große Thema. Weil es in allem wiederkehrt. In der Vereinsamung. In den Kriegen. In dem wachsenden Egoismus. In der Tierquälerei. In der Naturzerstörung. In allem. Das Nur-an-sich-Denken ist der Krebs der Seele. Die verschwindende Empathie, das Nicht-einmal-mehr-fühlen-*Können* von dem Leid des anderen, ob Mensch oder Tier. Das Desinteresse. Das bloße Starren auf die Tatsachen, ohne dass man noch etwas empfindet. Das Mitansehenkönnen am Bildschirm, ohne dass sich in der Seele noch etwas regt. Krebs...

Bevor ich Wolf kennenlernte, war Unschuld für mich nur ein Begriff, ein Wort. Ich wusste, was es bedeutet, aber das war auch alles. Erst durch ihn wurde mir die Dimension klar. Die Frage der Unschuld durchzieht eigentlich alles. Wie eine Sonne, die in der Welt leuchtet – oder eben nicht mehr...

Und wie gesagt, brauchte ich lange, bis ich damit zurechtkam, dass er das alles immer wieder auf *mich* bezog und an mir sah. Ich konnte es nur hilflos hinnehmen und fühlte mich damit natürlich nicht wohl – obwohl ich mich so unsäglich geliebt fühlte. Aber, natürlich gab er sich auch große Mühe, es nicht *mehr* zu wiederholen, als ich es aushielt oder ansatzweise irgendwie verstehen konnte. Denn wenn er es erklärte, verstand ich schon, was er meinte – auch wenn ich noch immer nicht begriff, warum er es gerade an mir sah. Oder auch immer wieder nicht begreifen wollte, weil es mich beschämte. Aber irgendwann musste ich doch akzeptieren, dass an mir etwas war, was an anderen nicht so da war, und dass er das eben sah...

Und er erklärte es mir ja: Eben einfach, *dass* ich an einem Sonnenuntergang mehr empfand als andere. Dass ich Spatzen mehr liebte als andere, dass ich mit ‚süß' wesentlich mehr verband als andere; dass ich ihm zuhörte und sitzenblieb, wo andere Mädchen längst weggelaufen wären. Dass ich ihm verzieh. Dass ich dies, dass ich jenes – und es war alles wahr! Und allmählich verstand ich, was Unschuld war – und allmählich verstand ich es, es auszuhalten, dass *ich* unschuldiger war als andere... Und warum Wolf mich so liebte, was für mich ja das Schönste war, was ich überhaupt je erlebt hatte, als ich gelernt hatte, damit zurechtzukommen...

Und warum liebte er mich so – weil er seit zwanzig Jahren danach suchte und es nirgendwo fand, bei niemandem sonst, nicht so, nicht so berührend... Wenn man das gesagt bekommt, muss man das erst einmal verdauen, nicht wahr? Es klingt wie eine unglaubliche Schmeichelei – und doch sieht man ja in jedem Augenblick, wie verzweifelt ernst er es meinte...

Ich musste also schmerzlich begreifen, *worin* meine Einsamkeit bestand. Und doch war ich im selben Moment ja nicht mehr einsam, weil ich ihn hatte – ihn, der zwanzig Jahre nach jemandem wie mir gesucht hatte, während ich in demselben Moment, wo ich verstand, was mich einsam machte, *ihn* gefunden hatte.

Und ja, seitdem hat mich dieses Thema nie wieder losgelassen. Denn es ist *das* Thema. Man kann es jeden Tag deutlicher sehen: Entweder unsere Welt findet die Unschuld wieder, oder sie wird zugrunde gehen. Und das kann man *sagen*, viele sagen das auch in irgendeiner Weise, aber die Frage ist: Kann man darunter überhaupt noch *leiden*? Zeigt sich die wahre Unschuld nicht erst da, wo man an ihrem Verlust und an dem dadurch verursachten Leid selbst wiederum unsäglich leiden muss?

Das ist eine meiner Hauptfragen. Denn was ich feststelle, ist, dass die ganze Welt verlernt, zu leiden. Sie wird überschwemmt mit Nachrichten – aber immer kürzer werden die Abstände, und immer normaler werden die Terroranschläge, und immer simpler geht das Leben einfach weiter. Man hat ja gar keine Wahl. Der Terror und das Schlimme überhaupt, Kriege, Zerstörung, Ungerechtigkeit, alles wird *Tagesordnung*. Und auch das ist der Krebs. Die Welt wird besinnungslos in ihrer *Apathie*.
Eines Tages, als ich das mehr als vorher verstand, fragte ich Wolf, was man dagegen machen kann. Was *ich* dagegen machen kann. Ich meine, allein schon dagegen, dass ich immer apathischer werde, weil man das alles ja gar nicht verarbeiten kann.

Und ich weiß noch, wie er mich lange anschaute, als suche er die Antwort in meinen eigenen Augen, und wie er dann zärtlich und ernst zugleich sagte: ‚Suche das Leid *daran*, Naemi. Zwinge dich nicht, aber suche es, denn du hast eine Sehnsucht danach... Auch darin muss man einfach eintauchen lernen – wie in einen Sonnenuntergang. Du kannst dich auch nicht zwingen, die Atmosphäre des Sonnenunterganges zu empfinden – das ist nur möglich in der völligen Hingabe. Gib dich deiner Sehnsucht hin, unter der zunehmenden Apathie zu leiden, und du *wirst* das Leiden finden. Und das Leiden selbst wird die Apathie auflösen...'

Es war eine unglaubliche Antwort. Sie war so *einfach*, so klar – und sie war wahr. Und das ist es, was ich seitdem immer wieder versuche. Jeden Tag neu. Ich suche das *Leiden* – und es schenkt sich mir. Ich kann es nicht anders sagen. Es schenkt sich mir, und ich bleibe deshalb verschont von dem um sich greifenden Dämon der Apathie. Ich will nicht sagen, dass ich genug leide. Ich will nur sagen, *dass* ich leide, dass ich leiden kann – und schon das macht mich unglaublich glücklich, oder sollte ich besser sagen: dankbar. Ich bin dankbar, dass ich angesichts des wachsenden Leidens in der Welt nicht empfindungslos bin, dass ich nicht abstumpfe, sondern dass ich mich jeden Tag wieder neu bemühe, das Leid der Welt zu *empfinden*.
Ich fragte Wolf, ob er das auch tut. Und er sagte: Du hast mich wieder neu wach gemacht dafür. Und ich sah es. Ich sah, wie er sich in der Folge um das Gleiche bemühte.

Aber die Frage ist dann natürlich, wie man da überhaupt noch glücklich sein kann. Wie man da überhaupt noch gemeinsam in die Dusche gehen kann, um diese unglaubliche Zärtlichkeit und zarte Erotik zu spüren.
Natürlich vergisst man die Welt um sich herum in diesem Moment. Aber die Frage ist doch: Vergisst man sie *dauer-*

haft? Oder geht es um etwas ganz anderes. Nämlich dass man in der Dusche, im Bett und überhaupt in der Liebe diese *Liebe* bewahrt – denn wie sollte man sonst die übrige Welt lieben, wenn man die Liebe gar nicht kennt? Ich meine, man könnte darauf natürlich ganz verzichten, aber soweit bin ich noch nicht... Und die Frage ist natürlich, was man darüber hinaus tun kann, um das Leid in der Welt zu lindern – und soweit bin ich auch noch nicht, was mich quält, aber auch das hilft ja, das Leiden wirklich zu empfinden... Wolf sagte einmal: Mancher Aktionismus in der Welt dient vor allem dazu, das eigene Leid gleich wieder abzutöten. Sobald man etwas ‚getan' hat, geht es einem wieder gut, und darauf kommt es manchem viel mehr an als auf die wirkliche Hilfe. Ein wenig hat mich das getröstet...

Und dann, als ich ihm einmal gestand, dass ich mich geradezu egoistisch fühle, wenn ich nur mit ihm ins Bett wolle, sagte er mir noch etwas. Nämlich was ich eben schon andeutete. Man muss die Liebe erst *kennen*, damit sie in der Welt sein kann. Und das geht weit über ein Leben hinaus. Es kommt auf die ganze Menschheitsentwicklung an. Die Liebe darf in der Welt nicht verloren gehen. Selbst dann, wenn ein Paar *nur* die wahrhafte, allertiefste Liebe lernen würde, würde es für die Welt etwas Unschätzbares tun, denn auch diese Liebe würde irgendwie Teil der Welt werden und mit dazu beitragen, dass einst diese wahre, allertiefste Liebe in der menschlichen Seele *überhaupt* wohnen könne. Man dürfe das eine nicht gegen das andere ausspielen. Man dürfe sich nicht zerreißen. Es gehe in allem um die Vertiefung. Und die müsse man unendlich ernst nehmen. Aktionismus mache atemlos. Es brauche in unserer Zeit mehr als alles andere den Mut zur Vertiefung. Das bedeute nicht, dass man nichts tun solle. Es bedeute nur, dass auch die Liebe selbst – und sei es die Liebe zwischen zwei Menschen – ganz und gar ernst genommen werden müsse. Auch sie sei eine *heilige Kraft*, die in der Welt wirksam werde, auf welchen verborgenen Wegen auch immer.

Das tröstete mich wiederum unglaublich. Ich verstand und fühlte unmittelbar, dass er mich nicht davon abhalten wollte, mir Gedanken zu machen, was ich tun könne. Er wollte mir nur etwas *anderes* erklären, was man fast nicht in Worte fassen kann. Und ich kann es auch kaum begreifen, nur glauben. Nämlich dass jede *Liebe* schon eine *Tatsache* ist. Dass sozusagen die Dämonen, die den Krebs in die Welt bringen, schon dadurch bekämpft werden, dass irgendwo in der Welt noch die wahre Liebe vorhanden ist...

Morgen schreibe ich weiter...

Gestern Nachmittag hat es noch geschneit – und wir sind dann noch in ein nahes Waldgebiet gefahren und spazieren gegangen. Man sagt das so schnell: spazieren gegangen. Aber es war viel mehr. Es war wie eine heilige *Begegnung* mit dem Wald.

Wir haben uns extra Wege gesucht, die kein anderer nahm, und bald waren wir ganz allein, und wir gingen schweigend, Hand in Hand, und jeder von uns beiden wusste und ahnte, dass der andere ganz ähnlich fühlte – diese Heiligkeit, diese heilige Tiefe...
Worte – reichen Worte aus, um es überhaupt zu beschreiben? Der stille Wald am Spätnachmittag, gerade noch hell. Reine Stille. Ab und zu fällt etwas Schnee von einem Zweig. Man hört nur die eigenen Schritte – und man geht immer langsamer, bis man das Gefühl hat, es ist das Tempo des eigenen Herzens, aber natürlich geht man *noch* langsamer. Man geht so langsam, dass man nicht mehr das Gefühl hat, in seinem gewöhnlichen Tempo in den Wald hineinzutapsen, sondern wie in einer Kirche. Wie auf einem Friedhof. Aber keine Grabesstille, sondern *heilige* Stille. Heilige Stille, heilige Ruhe, Schritte in heiliger Ruhe...
Und dann der Schnee. Die Welt in Weiß. Der *Wald* in Weiß. Er, der schon so friedlich ist, immer – jetzt noch in Weiß. Etwas Unglaubliches ist das. Es ist der gesteigerte Friede. Und dann noch die Weihnachtszeit – die ja noch immer nicht zu Ende ist. Wir haben noch immer den Weihnachtsbaum. Doch davon später, in den nächsten Tagen noch. Also weißer Schnee, absolut friedlicher Wald – Begegnung mit dem Wald. Es ist nicht ohne Grund, dass wir selbst dort schwiegen, eigentlich muss ich hier auch schweigen. Beschreiben kann man es nicht – das muss ich jetzt einsehen.

Aber – in solchen Erlebnissen liegt etwas, was trotz oder gerade wegen seiner Unbeschreiblichkeit unendlich wichtig ist. Wenn nämlich *dieser* Friede wieder in die Menschenseelen einziehen könnte, dann würden die Dämonen *auch* weichen müssen. Das, was in dem Wald lebt und was so absolut nicht in Worte zu fassen ist, das ist im Grunde die unendlich potenzierte Toleranz. Absoluter Friede. Kein einziges Urteil über niemanden... Friedliches Wohlwollen gegen jeden, jeden Einzelnen. Und da muss ich wieder an die Worte denken: Friede auf Erden. *Genau das ist es.*

Und ich sage mir: Damit dies wahr werden kann, müssten die Menschen nur an einem Januarnachmittag in den Wald gehen, abseits der vielbegangenen Wege, um mit sich und dem Wald und vielleicht einem innig geliebten Menschen *ganz allein* zu sein. Und dann müssten sie nur in sich aufnehmen, was sie *dann* sehen. Aber mit den Augen des Herzens, mit dem Herzen. Dann wäre eigentlich alles getan – wirklich alles. Friede auf Erden...

Das ist ein wunderbarer Übergang zu Weihnachten. Die meisten Menschen verbinden mit der Weihnachtszeit ja überhaupt nur die zwei Weihnachtsfeiertage und natürlich den Heiligabend. So steht es dann auch wieder in der Tabelle. Die Feiertage sind frei, und ja, dann muss man wieder arbeiten. Weihnachten vorbei... Das soll kein Spott sein. Ich leide einfach darunter, dass die Welt so ist. Und ich muss mich selbst ja mit einschließen. Ich wusste ja mit Weihnachten auch nichts anzufangen, außer dass man an dem Tag eben die Geschenke bekommt. Als ich dann durch Wolf Weihnachten *wirklich* kennenlernte, war ich unendlich froh, dass es bei ihm zu Weihnachten *keine* Geschenke gibt – weil Weihnachten *selbst* das Geschenk ist.

Das ist eigentlich wie der heilige Wald ganz in Weiß. Nichts, wirklich nichts kann ihn entheiligen. Er ist einfach nur da – in vollkommener Heiligkeit. Weiß... Schneeweiß... So ist es auch mit Weihnachten ohne alle Geschenke. Endlich einfach *nur* Weihnachten. Erst dann kann man es überhaupt erleben. Ich finde, man sollte das sogar den Kindern beibringen. Es wäre genug, mehr als genug, heilig-genug, dass es einfach nur den Weihnachtsbaum gibt, mit dem heiligen Licht der Kerzen, mit der Krippe, mit den Plätzchen, mit der Freude auf dieses Fest... Aber gut – wie sollen die Kinder die Freude empfinden, wenn es keine Geschenke gibt?

Aber da beginnt das Problem schon. Denn wäre es nicht Freude genug, wenn die Erwachsenen noch wüssten, was Weihnachten ist? Wenn sich die Freude der Erwachsenen auf die Kinder übertrüge und die Kinder auch erleben würden, dass die Eltern in diesen Tagen ganz viel Zeit für sie haben, gemeinsam singen, spielen, Plätzchen backen und all das? Aber vielleicht reicht das nicht... Und doch geht ja Weihnachten *völlig* verloren, wenn die Kinder dann all dieses Zeug bekommen, Spielkonsolen, technische Monster, Roboter, Plastik, sinnlose Bücher, Zeug über Zeug, ein Berg von Sinnlosigkeit, geschaffen von den Dämonen der Oberflächlichkeit. Damit die Kinder weder Weihnachten erleben können, noch einen heiligen, schneeweißen Wald, noch einen Sonnenuntergang, noch die lebendig-heilige Atmosphäre eines Friedhofes...

Weihnachten müsste eigentlich *das* Fest sein, durch das die Kinder lernen, was die *Seele* eigentlich ist. Stattdessen wird es immer mehr das Fest, was ihnen die Seele *raubt*. Weil sie nämlich von vorne bis hinten betrogen werden. Betrogen um das eigentlich Heilige. Betrogen um die reine Empfindung. Betrogen um das Zarte, das absolut Zarte, um das *Wunder*.

Wir sind bei dem zentralen Begriff angelangt. Es geht eigentlich in der ganzen Welt heute darum, das *Wunder* nicht zu verlieren. Und man kann das Wunder aber doch nur mit reiner *Unschuld* begreifen! Und zugleich ist die Unschuld selbst auch ein Wunder. Und all das geht verloren.

Nein – es dürfte zu Weihnachten wirklich keine Geschenke geben. Oder nur solche, die die Unschuld nicht antasten. Die sie beschützen, behüten. Unschuldige Geschenke. Geschenke, die den Seelen ihre Unschuld nicht nehmen – die die Kinder nicht immer gieriger und technischer machen. Aber wo gibt es das noch? Die Kinder gucken dann nach rechts und links und sagen: ‚Aber der hat das und das bekommen'. Schon da ist Weihnachten unrettbar verloren! Ob es wieder einen Krieg geben müsste, damit die absolute Bescheidenheit wieder *erfahren* werden kann? Oder wie kann es sonst wieder gelernt werden, dass es eine Art Gnade ist, *wenig* zu bekommen? Ich weiß noch, dass ich ein einziges Kuscheltier hatte – und es war noch nicht mal ein Kuscheltier, es war eines von diesen viel älteren, was ich mal von meiner Oma bekommen hatte. Ein kleines Eichhörnchen, nur etwas größer als meine Hand damals. Und ich habe es geliebt! Viele Jahre lang – und ich liebe es auch heute noch. Das ist Glück, wirkliches Glück. Dass man nicht viel hat, sondern wenig – und dass dies einem dann wirklich etwas *bedeutet*. Und dass es einem *genügt*. Dass man nicht lernt, immer mehr zu wollen.

Die anderen bekamen viel mehr – viele Bücher, ich bekam wenig Bücher. Die anderen bekamen Spielkonsolen, Autos, Rennbahnen, Plastikschwerter, ganze Rüstungen, Plastikgewehre, die Mädchen Schminksets, Barbiepuppen, keine Ahnung was alles. Meine Eltern machten sich nicht viel aus Weihnachten, ich hatte auch keine Geschwister, meine Großeltern waren durch irgendeine Gnade auch nicht so überschwenglich oder gar plastikaffin. Und ich erinnere mich, dass mich das nicht übermäßig störte. Eigentlich gar nicht. Ich wusste, dass ich so gut wie am allerwenigsten bekam, und

es störte mich nicht. Na gut, dadurch dass ich dann vier Tage
später Geburtstag hatte, kam noch ein wenig dazu. Trotzdem
hatte ich das große Glück, nicht überhäuft zu werden. Und
aus den meisten Geschenken, die geschmackloser waren,
machte ich mir selbst nichts weiter. Ich war aber auch nicht
neidisch, auf niemanden. Nur ein einziges Mal. Das war, als
meine damalige Freundin, ich war ungefähr elf Jahre alt, eine
Kette bekam. Ich war eigentlich noch viel zu jung für eine
Kette – aber sie erschien mir so zart und so schön, so kostbar
und so wertvoll, ich meine nicht in Geld, sondern *als solche*,
dass ich sie darum beneidete. Aber selbst das war ein ganz
unschuldiger Neid. Ich sehnte mich heimlich *auch* nach einer
solchen Kette. Das war alles...

Ich will nicht prahlen, ich will nur sagen, wie dankbar ich
bin, dass es mit mir so war. Jetzt begreife ich, was für ein
großes Glück ich hatte. Und ja, nun kommt Weihnachten.
Das verstand ich nicht, bis ich Wolf kennenlernte, denn meine Eltern machten sich daraus nichts – und das war eben
gerade mein Glück im Unglück.
Wenn man als Kind Weihnachten nicht kennenlernt, geht einem unendlich viel verloren. Aber – welches Kind darf heute
Weihnachten überhaupt noch so kennenlernen, wie es wirklich ist? Vielleicht kein einziges. Also bleibt nur die Hoffnung, es später irgendwann kennenzulernen – wie ich mit
sechzehn, mein erstes Weihnachten mit Wolf.
Ja, und dann erzählte Wolf von viel mehr als nur von den Engeln. Er erzählte auch von dem Kind, und das wusste ich ja,
dass Weihnachten mit dem Kind zu tun hat, aber er erzählte
von *noch* viel mehr – und da verstand ich, dass ich bisher *gar*
nichts gewusst hatte.

Er deutete schon damals an, dass es mit der Anthroposophie
zu tun hat, mit dem, was Rudolf Steiner darüber gesagt hat,
aber er deutete das nur an – und ich fragte nicht weiter da-

nach. Ich glaube, er wollte verhindern, dass ich es nur wie eine ,Lehre' wahrnehme, und das ist ihm auch gelungen. Erst als er mir noch viel mehr erzählt hatte, begriff ich, dass das ein zusammenhängendes Ganzes ist und dass es völlig verfehlt wäre, das als ,Lehre' zu bezeichnen – weil es darauf ankommt, mit diesem Verständnis zu *leben*. Und genau das hat Wolf getan – und mir dabei geholfen.

Für mich war es alles völlig neu, und vieles war zuerst auch einmal überfordernd, *weil* es so neu war, aber letztendlich kann ich es auch nur als ein Geschenk bezeichnen, was ich damals – und bis heute – nach und nach verstehen durfte. Wolf erklärte es so vorsichtig (zärtlich!) und so langsam und allmählich, dass ich nur staunend zuhören konnte. Wie ein kleines Kind mit sozusagen offenem Mund hörte ich ihm zu, während er sprach – und überhaupt war ja die ganze Zeit noch immer dadurch verzaubert, dass ich so unglaublich verliebt in ihn war, und er in mich. Und nun kam Weihnachten noch *dazu*! Es war sozusagen nur noch Wunder – alles.

Es ist wohl klar, dass ich das alles hier gar nicht wiedergeben kann. Ich kann es überhaupt nur versuchen, aber das muss ich, weil es so wichtig ist, auch *mir* so wichtig.
Aber es begann damit, dass Wolf zwei Tage vor Weihnachten plötzlich von den Engeln zu sprechen begann. Ich erinnerte mich, dass er es ja versprochen hatte, und ich dachte mir weiter nichts dabei. Dann aber sprach er davon, dass die Engel eben nicht nur irgendwelche ,Figuren' waren, die die Menschen sich ausgedacht hatten, sondern wirkliche *beschützende* Wesenheiten. Er benutzte damals zum ersten Mal dieses Wort, und ich musste mich daran gewöhnen. Wesenheiten. Aber wenn man sich ein bisschen daran gewöhnt hat, dann spürt man den Unterschied im Vergleich dazu, dass man einfach nur sagt ,Wesen'. Wesenheiten klingt etwas rätselhafter, geheimnisvoller, zugleich aber auch realer. Ich meine, Wesen

kann alles sein. Aber Wesenheiten – das kann man nicht einfach so sagen und das war es dann. Das ist wirklich *etwas*. Also die Engel waren beschützende Wesenheiten. Schutzengel kannte man. Auch wenn man sich fragte, wo sie waren. Aber Wolf sagte dann: Die Welt gerät so aus den Fugen, dass nicht einmal die Engel mehr alles beschützen können. Früher konnten sie in den Bergen kleine Kinder noch vor manchem Fehltritt bewahren. Aber was kann man tun, wenn die halbe Welt nur noch aus Fehltritten und Abgründen *besteht*? Das konnte ich verstehen...

Und dann beschrieb er das mit dem Lauf eines Lebens und mit den scheinbaren ‚Zufällen' und mit dem roten Faden in einem Leben – und dass so unglaublich vieles passiert, von dem man erst später erlebt, wie unendlich viel *Sinn* es hatte. Das betraf jeden Menschen. Vorher war mir nur klar gewesen, wie sehr er *mich* gesucht hatte und was alles hatte passieren müssen, damit wir *uns* finden konnten. Jetzt wurde mir klar, dass das ja natürlich alles viel weiter ging – auch jenseits von unserer Begegnung, sowohl was unsere Leben betraf als auch die Leben von allen anderen. Und ich lernte, zu denken, dass damit die Engel verbunden waren. Mit jedem Menschen ein Engel. Ein unglaublicher Lebensweg, und alles, was damit zu tun hat, in all seiner Kompliziertheit – ein Engel. Für alles verantwortlich, für alles sorgend, alles irgendwie behütend.
Ich kämpfte mit mir. Ich kämpfte damit, das einfach nur zur Kenntnis zu nehmen und entweder zu glauben oder nicht zu glauben. Ich *wusste* ja, dass es so war. In Bezug auf unsere Begegnung wusste ich es. Aber nun ging es viel weiter. Und nun kamen die Engel hinzu. Und ich kämpfte darum, das zu glauben und mehr als das zu tun. Es war wie die zwei Welten mit Wolf. Sieht man einen alten Mann – oder sieht man mehr, und nicht nur mehr, sondern etwas ganz anderes? Und er hatte mir doch schon so oft mit Novalis geholfen, aber dazu

später. Jedenfalls – ich gewann. Ich gewann meinen eigenen Kampf gegen mich selbst. Oder vielleicht: Kopf gegen Herz.

Als ich mich entschied, es *wirklich* zu glauben, da gab es einen Moment, wo ich vor Rührung weinen musste – weil ich es nicht fassen konnte, dass die Engel *so viel* für einen taten, so unsäglich viel, ohne dass man sie überhaupt noch zur Kenntnis nahm! Von da an ging es für mich nie wieder nur um bloßes Glauben. Es ging auch nicht um die Einwände all der Menschen, die mir das wieder ausreden wollten. Ich wusste, das bloßes ,Glauben' überhaupt nichts nützt, und dass die Tatsachen scheinbar alle dagegen sprechen, dass es Engel überhaupt gibt. Aber niemand, niemand konnte mir ausreden, dass meine Begegnung mit Wolf kein Zufall war und dass er mich seit zwanzig Jahren gesucht hatte und dass auch ich ihn treffen wollte und musste, dass es einfach geschehen musste – das konnte mir niemand ausreden. Denn ich *sah* an Wolf, dass er die volle Wahrheit sagte. Und ich sah an mir, dass ich nie wieder jemanden so lieben würde wie ihn, dass ich einfach nur ihn liebte, wirklich nur ihn, als ich erst einmal damit angefangen hatte. Und jetzt kam das mit den Engeln nur noch *dazu*.

Und ich *wollte* nicht, dass das einfach nur ein ewiger Kampf bliebe. Gibt es sie, gibt es sie nicht? Du kannst zweifeln, du kannst glauben. Du kannst hin und her, immer und immer wieder. Das erschien mir als das Falscheste von allem. Es erschien mir abgrundtief unehrlich. Ich sagte mir unbewusst: Entweder glaubst du, oder du glaubst nicht. Aber *wenn* du glaubst – dann richtig! Und – mir war klar, dass ich nur glauben konnte. Aber als ich es dann tat, liefen mir die Augen über vor Rührung, vor Erschütterung... Ich schluchzte hemmungslos. Und danach gehörten die Engel zu meinem Leben wie Wolf. Ich schlief natürlich nicht mit ihnen – aber Wolf sagte, dass ich bei ihnen war, wenn ich schlief...

Und dann kam Heiligabend, und Wolf sagte, dass wir einen Weihnachtsbaum haben würden, und er sagte mir eine bestimmte Zeit, zu der ich kommen könnte, aber nicht vorher, und dann kam ich zu dieser Zeit – denn wie gesagt, meinen Eltern war es eigentlich egal, was ich am Heiligabend machte. Zu der Zeit hatten sie Wolf schon wohl oder übel akzeptieren müssen, die Tatsache eben, dass ich ihn liebte, und sie taten es zum Glück auch, wofür ich ihnen für ewig dankbar sein werde.

Und dann kam ich in seine Wohnung, und in sein Wohnzimmer, wo sonst immer nur das Sofa und der Flachbildschirm stand – den er kaum benutzte –, das große Bücherregal und der Tisch mit den vier Stühlen. Und nun war der Bildschirm *verschwunden* und an seiner Stelle, nämlich genau gegenüber und damit ganz in der Nähe des Sofas, stand ein Weihnachtsbaum – mit Kerzen, mit Krippe, mit schlichtem Schmuck. Aber vor allem die Kerzen! Ich kannte das alles überhaupt nicht. Nur von Bildern. Nur vom Marktplatz, wo die Kerzen natürlich nicht echt waren. Sonst nicht!

Ich war völlig überwältigt. Und Wolf half mir dabei noch. Er sagte: ‚Du brauchst nicht mehr zu empfinden, als du empfindest, Naemi. Aber auch nicht weniger... Lass es einfach in völliger Ruhe auf dich wirken. Du weißt: Empfindungen kann man nicht erzwingen – aber man muss es auch gar nicht. Sie kommen von selbst, wenn man ihnen die Zeit und den Frieden lässt...' Er wusste gar nicht – oder wusste es vielleicht doch –, wie *sehr* er mir damit half. Denn ich war natürlich doch gedrängt oder versucht, ihn meine Dankbarkeit empfinden zu lassen, dass er sich so viel Mühe gegeben hatte. Aber seine Worte beruhigten mich und ließen all das von mir abfallen, was sich doch wiederum nicht ganz auf den *Baum* bezogen hätte. Und nun konnte ich *wirklich* nur noch über den Baum staunen – viel stiller, viel inniger, viel ruhiger...

Ich sah die Kerzen, ich roch den Tannenduft, viel später fiel mir die Krippe immer mehr ins Auge. Aber zuerst blieb ich bei den Kerzen und dem Duft. Ich hatte wirklich erst ‚Angst', dass ich zu wenig fühlte – weil es dann doch so wenig zu werden schien. Aber es war wie im Wald. Der weiße Schnee. Es war eigentlich gar nichts da! Man sah nur Weiß – den Wald in Weiß, viel weniger als sonst. Und doch war es noch mehr als sonst! So war es auch bei dem Weihnachtsbaum. Ich sah nur einen Baum im Halbdunkel, ich roch ihn, ich sah die Kerzen – und das war alles. Aber aus diesem Wenigen begann das Viele hervorzuwachsen. Ich kann es nur so sagen. Das Licht der Kerzen wurde ganz langsam zu einem Zauber...
Noch bevor ich es wusste, wusste es mein Herz, dass nicht Wolf die Kerzen an den Baum getan hatte – obwohl es so war –, sondern dass der *Baum* die Kerzen trug. Ich wusste noch nicht darum, aber ich sah bereits das Wunder. Der Baum trug *Licht* – unglaublich schönes Licht...

Und – ich ließ mich von dem Geheimnis berühren. Denn ich wusste nicht, warum Wolf gesagt hatte, dass wir einen Weihnachtsbaum haben würden. Ich habe es einfach hingenommen. Ich habe mich nicht einmal besonders darauf gefreut, eher habe ich gedacht: Wie auf dem Marktplatz, na gut, ist ja ganz schön. So naiv! So dumm! Dass der viel kleinere Baum mit den echten Kerzen bei Wolf unendlich viel *schöner* war, war schon das Erste, was meine Vorstellungen völlig durchkreuzte. Das Zweite war, dass der Baum auf dem Marktplatz bloße Tradition war, dass aber Wolf es mit dem Baum ganz und gar *ernst* meinte. Das spürte ich – und es übertrug sich auf mich. Es übertrug sich auf meine Fähigkeit, das Wunder *sehen* zu lernen. Wolf sagte also nichts – sondern er ließ das Wunder wirken. Und es wirkte. Es begann zu wirken...
Der Baum trug das Licht – ich *sah* das. Und dazu der Duft...
Mein Herz wusste irgendwie, dass der Baum für *dies* hier gestorben war, sterben würde, aber noch lebte er. Irgendwo

spürte ich das Opfer – denn es war ja eines. Man kann das nicht in Worte fassen. Dass er für *mich* hier stand – auch für mich und noch für viel mehr –, dass er sich in diesem Moment, in dieser Zeit opferte, dass er es aber gerne tat – all das fühlte ich dunkel, zusammen mit allem anderen. Und er trug die Kerzen. Und diese verströmten ihr friedliches Licht, anders als jeder Sonnenuntergang, aber auf geheimnisvolle Weise noch viel schöner. Ein Sonnenuntergang war trotz aller Friedlichkeit majestätisch. Hier war von Majestätischem nichts zu spüren – es war aber *heilig*, in aller Stille, in einer fast unsäglichen Schlichtheit, und das war viel *mehr* als alles Majestätische...

Das, was ich jetzt alles in Worte fassen kann, das hätte ich mit sechzehn kaum gekonnt, mühsam vielleicht. Aber etwas davon konnte ich in den darauffolgenden Tagen sagen, als wir vorsichtig darüber sprachen. Und ich dachte, es wäre *wenig*. Aber – als ich davon sprach, weinte Wolf... Ihm standen die Tränen in den Augen, weil er es nicht fassen konnte, was ich alles erlebte, weil es ihn *so sehr* berührte...!

Wir sprachen auch erst in den nächsten Tagen, den eigentlichen Weihnachtstagen langsam über die Krippe. Ich glaube, hier hatte Wolf echte Angst, etwas falsch zu machen oder mir ‚überzustülpen'. Und vielleicht war dies wieder das Richtigste, was passieren konnte. Vielleicht haben auch hier die Engel wieder geholfen. Er wusste wohl nicht, wie er ansetzen konnte – und er sagte sich vielleicht, die Weihnachtszeit ist ja lang genug, man muss nichts ‚erzwingen', und so war es ja auch. Zwar war dann Heiligabend schon vorbei – aber es war ja gar nicht vorbei, es dauerte ja die ganze Weihnachtszeit, wir hatten die Krippe ja fortwährend vor Augen...
Als ich dann also von meinem Erleben mit dem heiligen Baum erzählte, fand Wolf den Mut und auch den Weg, von

der Krippe zu erzählen. Da wusste er, wie er einfach nur bei meinem Erleben bleiben musste, um es zu erweitern. Er knüpfte bei den Kerzen an. Und erzählte von dem Stern zu Bethlehem. Ganz egal, ob das eine Legende sei oder nicht, es gehe um das Erleben der Seele, was man an einem solchen Bild haben könne. Das Herz selbst würde einem nach und nach sagen, ob es *wahr* sei. Er erzählte von dem Johannesevangelium – dem Licht, das in die Welt kommen sollte. Von dem schrecklichen Kindermord des Herodes, ein Beweis, das hier etwas unglaublich Wichtiges kommen sollte. Und von den Engeln. Nun waren die Engel nicht einfach nur Beschützer der Menschen – sondern nun vereinigten sie sich alle und sangen, weil *ein* Kind geboren wurde. Ein Kind. *Das* Kind. Viel mehr sagte er in dieser Weihnachtszeit nicht. Ich wusste nur: Es ist *das* Kind.

Ich hatte natürlich in der Schule alles Mögliche gelernt. Aber ich versuchte, das alles zu vergessen. Ich versuchte, es alles völlig neu zu sehen – und nur *das* zu sehen, was Wolf mir sagte. Ich lebte also in dieser Weihnachtszeit mit dem Wissen und mit dem Empfinden: Dies ist *das* Kind... Was auch immer das hieß – für mich hieß es unglaublich viel. Einfach nur: hier wurde *das Kind* geboren... Das war alles. Und es gelang. Wolfs heilige ‚Pädagogik' ging auf. Ich durchlebte die Weihnachtszeit mit sechzehn Jahren mit einem heiligen Staunen... Wirklich noch einmal wie ein Kind. Und das ist nie verloren gegangen. Es ist auch jetzt wieder so. Und jetzt bin ich achtzehn. Ich weiß jetzt, was *das Kind* ist.

Wenn ich daran *wirklich* denke, dann kommen mir auch jetzt wieder die Tränen. Weil ich so unglaublich auch *darüber* staunen muss, was Wolf alles kann – wie er das weiß, wusste, wie er es machen sollte. Wie er nicht zu viel sagte, eher zu wenig, und wie gerade das das Allerwichtigste war, wie bei den Geschenken. Nicht zu viel, eher zu wenig. Das Heilige besteht immer in dem Wenigen. Das Schlichte ist das Heilige. Die Unschuld des Heiligen...

Wolf sagte mir natürlich wieder, dass er es nicht fassen könne, wie unschuldig und wie tief ich das alles aufnehme – aber ich konnte mich nur mit aller Kraft bemühen, nicht darüber nachzudenken, es nicht einmal unangenehm zu finden, dass er das sagte, sondern einfach dabei zu *bleiben*. Wieder dieses wunderschöne Wort: bleiben... Und jetzt, mit achtzehn, verstehe ich natürlich, was daran so wunderschön ist: diese *Treue*. Es ist die gleiche Treue wie die des *Tannenbaums* und auch die der treu brennenden Kerzen. Es ist alles immer das *gleiche Geheimnis*...

Eines muss ich vielleicht noch gestehen – auch dies, weil es ja niemand liest. Ich fand den Baum so wunderschön, dass ich Wolf einmal dazu ‚überredete', mit meiner eigenen Zärtlichkeit, als wir uns zu küssen begannen, dazu verführte, dass wir uns auf dem Sofa liebten... Ich weiß nicht, ob das nun eine Art ‚Sünde' war. Wieso sollte es das sein? Im Schein der heiligen Kerzen? Im Angesicht des Kindes? Ich kann nur eines sagen: Es war das zärtlichste Mal, das mir überhaupt in Erinnerung ist. Es war wirklich von einer *überirdischen* Zärtlichkeit gewesen... Nachher habe ich mich manchmal geschämt. Und doch leuchtet mir dieser zärtliche Abend *selbst* wie ein Licht in der Erinnerung. Ich glaube also nicht, dass es dann je falsch sein konnte. Ich glaube, dass es gerade darum geht: um dieses Licht. Um die allertiefste Zärtlichkeit, die nur denkbar ist. *In allem.*

Jetzt tut es mir schon wieder leid, dass unser Weihnachtsbaum in drei Tagen schon wieder verschwinden wird. Auch das macht Wolf immer ohne mich. Für mich ist er dann einfach weg. Ich sehe nicht, wie er abgeschmückt wird, wie er an den Straßenrand gestellt wird – ich sehe nur, wie er auf einmal fort ist. Wie ein geliebter Mensch, der nicht mehr da ist. Nur seine Seele, die man nicht sehen kann, und man vermisst ihn. Aber die Seele von Weihnachten lebt weiter, durch das Jahr hindurch...

Es ist ein wunderschöner Sonnentag, die Luft ist klar, der Schnee liegt weiter in den Straßen. Winter... Und wieder sitzen wir zusammen auf dem Sofa, und ich schreibe, und er liest etwas und schaut mich oft an, und ich schaue kurz auf und lächle, und er lächelt zurück... Das ist ein unbeschreiblicher Friede, den es nur im Winter gibt, und so vielleicht überhaupt nur zu Weihnachten.

Nachher werden wir noch spazieren gehen und danach werden wir wieder heißen Tee trinken, und dann werde ich auf dem Sofa in seinem Schoß liegen, und er wird mein Haar streicheln, und ich werde so unsagbar glücklich sein, weil das *diese* ganze Stimmung ist...

Und auch da habe ich mich schon oft gefragt, ob das nicht falsch ist, egoistisch, denn wir tun ja *nichts*. Aber Wolf sagte mir dann: ‚Tun wir wirklich nichts?' Ich wusste keine Antwort und bat ihn, es mir zu erklären. Und er fragte mich, was ich fühle. Und ich sagte, ich fühle mich glücklich. Ich fühle diesen *Frieden*. Und er sagte einfach nur: ‚Siehst du...' Und er schwieg und sah mich an ... bis ich begriff.

Es ist immer wieder nicht leicht, sich nicht egoistisch zu fühlen, wenn man scheinbar nichts tut. Aber ich weiß jetzt, dass diese Zeit wesentlich mehr ist als ‚Nichtstun'. Sie ist sogar etwas ganz anderes. Völlig anders! Der Weihnachtsbaum tut auch nicht nichts. Die Kerzen tun auch nicht nichts. Sogar der Schnee tut nicht nichts. Sie alle tun etwas – und niemand versteht das. Dieser Friede – er muss ja wohl irgendwo *her*kommen! Und er kommt genau daher. Aus diesem scheinbaren Nichts. Der Friede – er liegt gerade darin, dass endlich einmal *nichts* getan wird! Nichts außer schweigen, da sein, anschauen, Ruhe verbreiten, beten... Die Kerzen brennen doch nicht umsonst! Der Baum steht doch nicht umsonst da, einfach so. Er steht eben *nicht* einfach so da! Es ist alles wegen Weihnachten, wegen dem Kind... Und ... beten kann ich noch nicht. Aber vielleicht ist das gar nicht das Wichtigste, sondern, dass man *überhaupt* diesen Frieden spürt... Dass man überhaupt spürt, wie sozusagen alles *andere* betet und schweigt und nichts tut, weil das Kind geboren ist... Und wenigstens das kann man tun: ebenfalls nichts, ebenfalls schweigen, den Frieden genießen, was heißt ‚genießen', fühlen eben, dieses unglaubliche Glück, die Liebe auch zwischen einander – und alles, alles wird in dieser Zeit so unglaublich heilig, unsagbar still, dieser Friede auf Erden...

Ich meine, man denkt nicht immer daran, aber in Wirklichkeit denkt man doch immer daran und weiß es: Dass all dies mit dem Kind zu tun hat. Dass Weihnachten nicht nur Baum, Stille und Schnee ist, sondern viel mehr. *Weihnachten*...

Vielleicht hört eines Tages alles Beten auf, und die Menschen fangen einfach nur an, dieses Kind zu *lieben*. Ihm dankbar zu sein. Es zu verstehen. Aber ich weiß nicht, was ich rede. Ich glaube, der Baum und die Kerzen und auch der Schnee wissen viel mehr, was dieses Kind ist, als wir, als ich. Ich glaube, ich muss noch viel lernen und verstehen. Ich glaube, meine Liebe muss noch viel mehr wachsen. Man fühlt das. Und man verspricht es. Aber dann denke ich an Wolfs Worte: Man kann es nicht erzwingen. Das Kind würde das auch nicht wollen. Vielleicht kann es noch viel *mehr* warten als Wolf. Vielleicht ist das Kind gerade das unendlich Wartende... Und, ja, wenn das Herz das fühlt, dann fühlt es geradezu eine wachsende Liebe, zart, verwundert, wie eine leise Sehnsucht. Und auch *das* ist Weihnachten, Winter, die heiligen Tage und Nächte... Ich stelle mir vor, wie ich mich schäme, dass ich so egoistisch bin, weil ich einfach nur glücklich bin in diesen Tagen. Und dass das Kind mir aber leise zuflüstert: Du *darfst* das... Aber fühlst du, dass das von mir kommt? Es ist wegen mir...

Vielleicht sehe ich das alles noch viel zu naiv. Aber ich verspreche mir innerlich, das Kind ganz ernst zu nehmen. Ich fühle, wie heilig das alles ist. Und ich hoffe, das Kind findet es nicht ganz falsch, wenn ich wegen ihm und seiner Atmosphäre in diesen Tagen so unsagbar glücklich bin, so *still* glücklich, so vollkommen im *Frieden*, weil die ganze Welt im Frieden ist... Ich fühle in mir auch eine Sehnsucht nach dem Beten. Aber darüber habe ich mit Wolf noch nicht gesprochen. Nicht, weil ich mich nicht traue. Sondern weil ich noch nicht so weit bin...

Ich muss dazu sagen, dass Wolf mir auch das andere dann längst erklärt hat. Zu Ostern, als ich sechzehn war, sprach er auch über Christus. Und weil auch das für mich eine Art völlige Geheimnisenthüllung war, weil ich auch hier wirklich wie ein Kind staunen konnte, nahm er mich mit zur Menschenweihehandlung. Man fährt mit dem Auto eine Stunde. Er tut das auch nur zu Ostern, zu Michaeli und zu Weihnachten. Vielleicht noch zu Johanni.

Aber als ich Ostern da war – das hat mich wirklich erschlagen. In mehrfacher Hinsicht. Natürlich war es viel zu viel. Es war so absolut neu, so unbekannt. Ich wusste nicht, ob ich weglaufen oder unfassbar staunen sollte. Es war eigentlich ein bisschen wie bei Wolf. Weglaufen oder unfassbar lieben... Es ist unglaublich, wie *beides* gleichzeitig möglich ist! Einerseits hat mich dieses Strenge, Heilige, viel zu Stille regelrecht abgeschreckt. Andererseits hat es mich unfassbar angesprochen.

Allein schon das Rot, das leuchtende Orangerot zu Ostern! Ich dachte beim ersten Mal immer irgendwie an Blut, und Ostern hat ja auch mit Blut zu tun – und später tat es Wolf unendlich leid, dass er mir dazu nicht vorher schon mehr gesagt hatte. Denn er sagte: Nein, dieses leuchtende Rot ist die pure *Freude*. ,Fühle es doch, Naemi! Die Freude. Österliches Rot...' Ja... Da konnte ich es natürlich fühlen. Und wahrscheinlich habe ich es irgendwo schon währenddessen gefühlt. Denn es hat mich unglaublich fasziniert.

Und dann dieses eine Wort: Christus ist der Erdensinn. Darüber haben wir dann sehr, sehr lange gesprochen. Wirklich *sehr* lange! Und als ich *das* verstanden hatte, da hatte ich die ganze Menschenweihehandlung verstanden. Ich meine, ihre Heiligkeit, ihren Sinn. Und dann war es etwas *Wunderbares*, jedes Mal wieder hinzufahren, diesen langen Weg, einmal alle drei Monate, zu einer neuen heiligen Zeit im Jahr...

Und trotzdem weiß ich noch immer nicht, was Beten ist. Aber vielleicht ist das alles ja schon ein Anfang. Ich muss immer wieder daran denken, dass man sich nicht zwingen darf, nicht zwingen soll. Wolf sagte einmal: Das Christuswesen ist dasjenige Wesen, was am *allerwenigsten* zwingt, nämlich *gar* nicht. Daran muss ich denken, wenn ich mich manchmal zwingen will. Ich muss dann denken: Du darfst dich nicht zwingen. Denn dann geht es doch sowieso nicht. Du musst ihn *lieben* lernen. Das ist der einzige Weg...

Es war übrigens nicht so, dass es in der Christengemeinschaft dort keinerlei solche Blicke gab, uns gegenüber. Die Leute wussten natürlich nicht, was unser Verhältnis ist. Aber ein, zwei Menschen kannte Wolf dort, und ihnen hat er mich natürlich vorgestellt. Tja... Sie haben sich natürlich nach Kräften bemüht, ihre Gedanken nicht zu zeigen, so höflich waren sie immerhin. Aber man hat sie natürlich *trotzdem* gesehen. Es sind trotzdem nette Leute. Dennoch war die Situation furchtbar peinlich. Selbst Wolf weiß kaum noch, wie er sie noch grüßen soll. Es geht dann einfach nicht mehr. Es ist wie eine Mauer. Und das in einer Christen-Gemeinschaft! Wie ist das möglich? Wie können die Menschen so wenig für ihre Gedanken tun, dass sie denken *müssen*, was falsch ist? Ich meine, sie *gehen* in diese Menschenweihehandlung. Sie gehen in eine Handlung, in der auch die Menschengedanken geheiligt werden sollten, könnten. Und dann sind sie es trotzdem nicht. Dann wird trotzdem etwas gedacht, was – ich weiß nicht was. Ich verstehe es nicht, zutiefst nicht. Denn hat nicht Christus selbst sogar zu der Sünderin gesagt: Ich verurteile dich nicht? Wie können dann die Menschen, die ihm folgen wollen, etwas denken, was einen anderen Menschen verurteilt, wie heimlich auch immer? Wieso können sie sich nicht *wehren*, wenn solche Gedanken kommen?

Jetzt muss ich an das Reh denken, aus der heiligen Nacht. Wolf und ich sind am Heiligabend zur Mitternachtshandlung gefahren. *Das* ist etwas Besonderes! Um Mitternacht die Menschenweihehandlung. In Weiß – weiß wie die Engel. Heilige Nacht... Die ganze Stimmung, selbst die Worte, es wirkt alles wie nicht von dieser Welt. ‚Leibbefreit im Geisterland' – das ist es wirklich!
Jedenfalls, als wir dann zurückfuhren, habe ich geschlafen. Bis wir dann, kurz bevor wir wieder zu Hause waren, auf der Landstraße fuhren und Wolf plötzlich scharf bremste. Ich wachte völlig erschrocken auf, und Wolf entschuldigte sich unglaublich und sagte, selbst noch mit heftigem Herzklopfen, dass da eben ein Reh auf der Fahrbahn stand und gerade noch weggesprungen ist. Zum Glück hatte er es rechtzeitig gesehen, und das Reh hatte Zeit genug...
Warum schreibe ich das jetzt? Weil ich an diesen *Moment* denken muss. Das Reh sieht ja nur den Wagen, aber ich stelle

mir vor, das Reh sah Wolf, und Wolf sah das Reh, es war eine *Begegnung*. Und das Reh denkt nichts, es ist völlig unschuldig, es sieht nur den Menschen, und der Mensch sieht das Reh, und er hat das Reh *lieb*. Aber das Reh hat den Menschen auch lieb, nur weiß es das nicht. Jedenfalls will es ihm nichts Böses – und es hofft auch von ihm, dass er, der Mensch, ihm nichts Böses will. Und eigentlich ist überall nur *guter Wille*. Deswegen musste ich daran denken. Weil diese Begegnung, so schlimm, so erschreckend sie auch war, eigentlich nur voller unglaublicher Unschuld war... Das arme Reh. Aber der arme Wolf, auch ihm tat es ja unglaublich leid, nicht nur mir gegenüber, sondern erst recht wegen des Rehs! Und ich meine – wenn man *so* miteinander umgehen würde! Auch die Menschen.

Wenn die Menschen nur diesen guten Willen hätten. Dann würden sie doch nichts Schlechtes mehr denken! Niemanden verurteilen! Wolf hat doch auch nicht über das Reh geschimpft und heimlich gedacht, ‚was für ein blödes Tier'. Der gute Wille fehlt! Sonst würde man uns sehen und würde doch *sehen*, dass wir uns lieben. Und man würde denken: Diese Zwei lieben sich, wie unglaublich schön! Wie schön es schon *aussieht*. Ich denke, das wäre der gute Wille. Alles andere ist nicht der gute Wille. Entweder man hat selbst keinen guten Willen, oder man wird gezwungen, Gedanken zu denken, die ein *anderer* Wille einem aufdrängt, der ebenfalls nicht *gut* ist.

Ja, Wolf hat mit mir auch über die ‚Gegenmächte' gesprochen. Und da war mir vieles klar geworden. Und eigentlich liegt es ja auch so nahe! Wenn es Engel wirklich gibt, dann muss es auch diese Gegen-Engel geben. Nur dadurch verstehe ich so eine Erscheinung, dass man Gedanken denkt, die man gar nicht unbedingt denken will, aber denken *muss*. Wie soll das sonst gehen? Es ist genau wie bei den Prinzipien und Tabellen im Kopf – man denkt das, weil man sie im Kopf hat, aber wer hat sie da hineingebracht? So funktioniert das. Diese Mächte, die auch Wesen sind (Wesenheiten!), verteilen fleißig ganz bestimmte Gedanken in den Köpfen, und wenn man nicht *selbst denkt*, dann hat man automatisch diese Gedanken. So einfach ist das – und so schlimm.

Ein Reh hat das Glück, dass es nicht denken muss, also ist es immer *gut*. Und es hat das Glück, dass es Wolf begegnete, der ihm zwar einen Schreck einjagte, der aber nicht dachte ‚du blödes Reh', obwohl er selbst auch einen Riesenschreck bekam. Aber dann wäre ja das Reh doppelt gestraft. Aber Wolf denkt eben selbst, und er *weiß*, dass das Reh keine Schuld hatte.

Man darf nicht diese anderen Wesen in sich denken lassen.

Ach, ich genieße diese letzten Tage so sehr, bis die Schule wieder anfängt und Weihnachten vorbei ist! Man merkt es. Man merkt, dass es leise vorbeigeht, wie ein Schleier, der langsam verweht. Dabei war es so stark! Und ist es noch, aber es geht langsam vorbei... Gestern waren wir tatsächlich noch spazieren, und da hat man es auch gemerkt. Der Wald war wunderweiß, wunderschön, auch wieder heilig. Aber nun hat das neue Jahr ja schon angefangen. Etwas Neues beginnt. Weihnachten ist noch da, aber nicht mehr lange. Es kommt einem so vor, als würde selbst der Wald es nicht ziehen lassen wollen – und doch auch sagen: Ich vergesse dich nicht; aber jetzt werden die Tage wieder länger, jetzt wird sich der Weihnachtsfriede und das Weihnachtslicht leise und unmerklich immer mehr in das Frühlingslicht und das Frühlingsleben verwandeln... Und als ob auch *das* nur möglich wäre, *weil* Weihnachten war!

Als wir dann zu Hause wunderbaren heißen Tee tranken, fragte ich Wolf, warum das immer so sein muss – so traurig; dass man den letzten Tagen so hinterher trauert. Dann kann man sie doch gar nicht mehr richtig erleben. Und da sagte er etwas ganz Wunderbares. Er sagte einfach: ,Auch das gehört doch dazu, Naemi... Wenn etwas *geht*, wie könnte man das nicht fühlen, ihm nachtrauern? Man wäre ja gerade mitleidlos *ohne* diese Empfindung! Es kommt nur auf das Gleichgewicht an. Trauere und fühle gleichzeitig die *Gnade* dieser letzten Tage...'
Da verstand ich etwas sehr Wichtiges. Je trauriger man sein kann, desto glücklicher kann man auch sein. Weil man etwas nur dann liebt, wenn man traurig sein kann. O ja – wie soll es denn je anders gehen?

Jetzt erinnere ich mich auch wieder an einen Tag, wo er über andere spirituelle Richtungen sprach. Er sagte damals, dass ganz viele Richtungen das Fühlen eigentlich ablähmen, indem sie ‚ganz im Hier und Jetzt' sein wollen. Er sagte: Wenn ich *nur* im Hier und Jetzt bin, ist alles gleich gültig. Nichts hebt sich heraus. Es regnet? Okay, es regnet. Und so weiter. Also auch: Weihnachten ist zu Ende? Okay, es ist zu Ende. Das Problem sei, dass sich die Menschen hier zwingen würden, fortwährend alles gut zu finden, ‚anzunehmen' und all das. Und selbst wenn es ihnen gelingen würde, würden eben gerade die Unterschiede dadurch verlorengehen. Wenn jemand gestorben sei, würde man auch das wieder ‚annehmen' und so weiter. Oder aber man wäre im ‚Hier und Jetzt' seiner Trauer – das wäre etwas ganz anderes, aber wofür bräuchte es dafür eine Lehre, Kurse, angebliche spirituelle Lehrer und so weiter? Wolf regte sich richtig leise auf darüber. Wirklich aufregen kann er sich ja gar nicht! Schon an winzigen Untertönen spürt man bei ihm, wenn er etwas wirklich falsch findet.

Das eigentliche Problem sei, sagte Wolf, dass die Menschen nicht mehr wirklich *fühlen* würden. Aufrichtig, ehrlich und vor allem: tief. Erst dann brauche man für alles Kurse, Lehren, Plakate, auf denen steht: ‚Ganz im Hier und Jetzt leben' – und dann, wo das Seminar ist, wieviel es kostet und so weiter. Dabei würde das Gefühl immer weiter abgetötet, denn die Leute würden versuchen, sich zu ihrem Glück zu zwingen – und immer mehr in eine Illusion hineinkommen. Selbst wenn es gelänge, was sie versuchen würden, wären sie ein völlig anderer Mensch geworden. Es sei jedenfalls schon falsch, daraus ein *Geschäftsmodell* zu machen.
Der wirkliche Weg führe durch Demut und Bescheidenheit, durch eine sehr *stille* Sehnsucht. Nur so kann ein tiefes und heiliges Fühlen erreicht werden. Sonst werde immer auch der Egoismus kräftig genährt – egal, was die Leute selbst glauben.

Das verstand ich damals noch nicht so ganz. Jetzt beginne ich langsam, es wirklich zu verstehen.

Wolf meint, glaube ich, die Ehrlichkeit der Gefühle, ihre Aufrichtigkeit. Wenn ich es erst lernen muss, Weihnachten nachzutrauern – tue ich es dann überhaupt wirklich? Nun ja, auch ich lerne von Wolf so unglaublich viel – aber er bringt es einem ganz anders bei. Es ist, wie wenn er eine Tür öffnet, und schon beginnt man, zu sehen, was man vorher nicht sah. Ich glaube auch, dass so etwas nur zu zweit geht oder sein sollte. Es ist ja etwas sehr Heiliges. In einer Gruppe würde es sofort etwas anderes werden. Man macht doch auch kein Gruppensex... So ist es auch mit den anderen Gefühlen.

Es ist wahr. Wenn ich Weihnachten liebe, *muss* ich ihm ja nachtrauern. Gerade das ist ja das Schöne. Dass Liebe wehtut. Immer dann, wenn es an die Trennung geht... Aber irgendwann akzeptiert man es, zumindest bei Weihnachten, und man freut sich an dem übrigen Winter – und irgendwann beginnt man, sich auf Ostern zu freuen... Wenn ich aber wirklich immer im Hier und Jetzt wäre, gäbe es gar keine Trauer. Und wie *arm* wäre das Leben dann! Vorfreude gäbe es dann auch nicht. Schlimm...

Ich verstehe ja, dass man sich mit den Gedanken an Vergangenes oder noch nicht Seiendes auch um den Moment bringen kann. Aber das ist doch wieder etwas ganz Anderes. Die Leute, die so viel vom ‚Hier und Jetzt' sprechen, machen auch daraus wieder ein *Prinzip*, ein Monster, etwas Falsches. Sie bringen sich gerade um den Moment des Trauerns – und der kann Tage dauern, vielleicht sogar Jahre, was soll's? Wenn ich einen Menschen *wirklich* geliebt habe, warum soll ich dann nicht, wenn ich ihn verloren habe, mein ganzes übriges Leben um ihn trauern? Auch das ist doch *meine* Sache! Wenn es nach dem ‚Hier und Jetzt' ginge, hätte Wolf mich nie kennengelernt, denn er hat mich zwanzig Jahre lang gesucht und sich nach mir gesehnt! *Sein* ‚Hier und Jetzt' war zwanzig Jahre lang Sehnsucht! Ob diese Leute das akzeptiert hätten?

Mein großes Thema ist ‚Gewöhnung'. Gewöhnung hat mit Unschuld zu tun, denn es ist ihr Gegensatz. Gewöhnung ist verlorene Unschuld.
Ich habe Wolf einmal gesagt: ‚Siehst du, auch ich bin nicht unschuldig. Ich habe solche Angst vor der Gewöhnung!' Da sagte er: ‚Siehst du? Jemand anderes würde sich darüber gar keine Gedanken machen...' Ich fragte ihn, was das bedeutete. Und er sagte: ‚Du hast die größte Sehnsucht nach der Unschuld von allen. Wenn man aber nicht unschuldig *wäre*, könnte man diese Sehnsucht gar nicht haben...' – Er schlägt mich *immer* mit den eigenen Waffen! Und ich bin nicht gut genug darin, ihn zu widerlegen...

Jedenfalls *habe* ich Angst vor der Gewöhnung. Ich will nicht eines Tages aufwachen und neben mir wirklich nur einen alten Mann sehen und *nichts* fühlen. Ich habe sogar Angst, dass das um so eher passiert, je mehr ich mir diese Gedanken mache. Als ich das Wolf sagte, sagte er: Das Wichtigste ist, sich nicht verrückt zu machen, sondern *im* Fühlen zu *bleiben*. Wieder dieses wunderbare Wort: bleiben. Im Fühlen zu bleiben. Es einfach nicht zu verlieren.
Die nächste Frage ist natürlich: Wie macht man das? Aber die erste Antwort ist wieder: Sich zwingen ist immer der falscheste Weg. Man darf es einfach nicht verlieren! Auch seine Sehnsucht nicht. Das Fühlen muss einem *heilig* bleiben – man muss es einfach jeden Tag *tun*! Man ist selbst dafür verantwortlich. Nicht nur für die Rose, wie der kleine Prinz, sondern auch für seine eigenen Gefühle...

Und nun ist Wolf ja der größte Lehrer darin von allen. Und er hat es sozusagen von Novalis. Er ‚lehrt' Novalis, wenn man es einmal so offiziell sagen darf. Und das, was er mir hier beigebracht hat, ist das Wichtigste von allem, was ich in meinem ganzen Leben gelernt habe. Nur *deswegen* können wir uns lieben, und nur deswegen ist diese Liebe so ein Wunder, immer wieder. Und ich fühle, dass man darüber eigentlich gar nicht viel schreiben darf, weil es selbst dann schon verlorengeht, das Wunder, meine ich. Und doch will ich es versuchen, weil es mir so viel bedeutet. Es ist wie mit der Liebe, also dem zärtlichen Sex, dem Miteinander-Schlafen. Was für ein wunderschönes Wort! Darüber kann man auch kaum schreiben. Man kann es nur andeuten – und dann eine Gänsehaut bekommen und aufhören, weil jedes weitere Wort zuviel wäre...

Es war so einzigartig, als ich das zweite Mal für ihn Harfe spielte... Das war jener Tag, an dem mir die Bemerkung entfuhr, ob seine Nachbarin hübsch gewesen sei. Danach war ich über mich selbst so schockiert und vor Scham sicher feuerrot, dass ich völlig aus der Situation gefallen war – und glaubte, sie kaputtgemacht zu haben. Er sagte: ‚Für mich ist sie nicht kaputt, Naemi...' Und er sagte, auch ich könne die Stimmung, die Atmosphäre wiederfinden, denn sie läge *in mir*. Und dann *glaubte* ich ihm – und dann setzte ich mich an die Harfe, und dann fing ich an zu spielen, und dann passierte etwas, was ich nie erklären können werde, denn es kam *wirklich* wieder alles über mich. Das Märchenreich brach mitten über mich hinein, und ich spielte und spielte einfach – einfach nur für ihn... Ich habe einen so wunderschönen Moment nie wieder erlebt. Aber das ist sicher dieses absolute Wunder – *wenn man abgrundtief verliebt es und es noch nicht einmal weiß*!

Aber gerade weil das so ist – dass man so schöne Momente hatte –, fragt man sich: Was kann ich tun...
Man kann nichts anderes tun, als alles immer wieder zu einem Wunder zu machen. Eine Wiederholung gibt es nicht. Man kann nur immer wieder neu versuchen, sich berühren zu lassen – und seine Rührung immer wieder neu zeigen.

Das also ist die Kunst. Etwas nicht geschehen lassen, was scheinbar zwangsläufig geschehen *muss*. Nämlich das Einkehren der Dämonen der Gewöhnung. Und – auch hier hilft Gewalt und Zwang gar nichts. Man kann sich ja nicht zwingen, etwas als Wunder zu empfinden! Je mehr man Panik bekommt, dass die Gewöhnung kommt, desto sicherer kommt sie. Es gibt nur einen Weg: Man muss die äußere Welt, in der die Gewöhnung kommen wird und muss, verlassen! Gerade das *ist* der Weg zum Wunder. Die Geheimtür. Die geheime Tür in dem geheimen Garten, hinter Dornen und Gestrüpp, aber sie ist immer da... Und gerade das lehrt Novalis. Die Dämonen können so mächtig sein, wie sie wollen. Aber sie sind machtlos, wenn du nur weißt, dass es diese geheime Tür gibt...

Und diese Tür gibt es schon allein durch die *Erinnerung*. Wenn man sich *einmal* erinnert hat, wie sehr man einen Menschen in einem einzigen Augenblick geliebt hat, kann man zu diesem Augenblick zurückkehren und seine Liebe dort wiederfinden und wieder abholen, zurück, auch in die Gegenwart. Oder man erinnert sich, wie sehr man in einem bestimmten Moment berührt war. Oder sogar verletzt – denn auch das ist Liebe. Wie sehr man wegen ihm in einem bestimmten Moment *geweint* hat. Es gibt *so* viele Möglichkeiten, seine Liebe wiederzufinden!
Aber man muss es ernst meinen. Es darf kein bloßes Hinüberretten in die Gegenwart sein. Es muss die Gegenwart selbst sein. Dieselbe Liebe, ganz dieselbe. Feurige, unbeschreiblich gerührte, unbeschreiblich liebende Liebe! Und dann ist es wahr: Es liegt ganz und gar in einem. Absolut nur in einem.

Wolf hat den Vorteil, dass er mich *immer* lieben muss, wie er sagt. Das ist ein großer Vorteil! Aber wie könnte ich ihn nicht lieben, wenn ich mich geliebt fühle? Das ist mein großer Vorteil. Es gab wirklich keinen Augenblick, in dem ich mich von

Wolf nicht unendlich geliebt fühlte – wer kann das von sich sagen? Die einzige Gefahr ist, sich daran zu gewöhnen. Aber das tue ich nicht, das ist unmöglich. Vielleicht ist das meine Unschuld. Dass seine Liebe mich immer wieder neu so sehr, so wirklich *berührt*... Aber was kann dann eigentlich noch schiefgehen? Eigentlich nichts, außer dass die Liebe als solche eben doch eines Tages ,normal' wird. Weil man eben immer das Gleiche macht, auch wenn es wunderschön ist – im Schnee spazieren gehen, Tee trinken, kuscheln, miteinander schlafen... Wie kann man verhindern, dass das *Wunder* normal wird?

Wolf sagte einmal: Es beginnt im Kopf. Und das war eine allergrößte Hilfe! *Deswegen* betont er das Heilige immer so. Weil es heilig *ist* – aber auch, weil man es heilig *denken* muss. Er hat mir immer gesagt, ich bin ihm heilig, alles an mir. Er könnte mich nie enttäuschen, nie verletzen – und das ist der Grund, warum ich ihm ganz und gar vertrauen kann. Ich habe dies immer und immer wieder *gemerkt*. Für ihn ist es also einfach. Er hat mich zwanzig Jahre gesucht, für ihn *bin* ich etwas Heiliges. Unfassbar, aber wahr – und ich ruhe mich darauf wirklich nicht aus, ich bin davon so wahnsinnig berührt, noch nach zweieinhalb Jahren ganz unverändert. Man ,gewöhnt' sich daran, weil man es unfassbarerweise irgendwann als Tatsache akzeptieren muss, aber das heißt nicht, dass man es je als normal empfinden würde. Es bleibt das größte Staunen, sich zu sagen: Ein einziger Mensch sieht mich *so*? Wie kann das nur sein...?

Aber, auch wenn dies die unglaublich größte Hilfe überhaupt ist – ich kann ihn ja nicht nur aus Dankbarkeit lieben. Ich muss *ihn* ja auch lieben. Wodurch wird er mir heilig? Heilig in *Liebe*? Natürlich spielt die Dankbarkeit auch eine Rolle. Ich liebe ihn schon deshalb, weil er mich liebt. Auch er sagt, dass er mir unendlich dankbar ist, weil ich ihm meine Liebe schenke – und dass dies seine Liebe verdreifacht, in einem Meer aus Liebe, Dankbarkeit und Staunen. Und warum sollte ich *nicht* staunen, dass so viel Liebe mir gegenüber möglich ist? Warum sollte ich nicht dankbar dafür sein? Warum sollte ich ihn dafür nicht lieben? Ich liebe ihn wegen all diesem – und weil er mich durch sein *Sein* so sehr berührt hat und sich auch dies nie ändert. Seine Vorsicht. Seine Weisheit, seine Sorgfalt, seine Genauigkeit, sein Bemühen, seine eigenen tiefen Fragen und Antworten, all das. Seine Zärtlichkeit! O ja, seine Zärtlichkeit – wenn ich dahinschmelze, weil er zärtlich wird... Das ist so wichtig. Wenn ich mich so geliebt fühle, bis in den Körper hinein, mit einer so unbeschreiblichen, unbeschreiblich zärtlichen Liebe, aber nicht nur zärtlich, man kann es eben gar nicht beschreiben, was es bedeutet, sich als Mädchen *geliebt zu fühlen*, mit allem, was man hat...

Wie schafft ein Mann das nur – dass man sich so geliebt fühlt? So grenzenlos... Das ist der Punkt, wo auch meine Liebe immer wieder grenzenlos wird. Ich brauche mich fast nur daran erinnern – an *einen* solchen Moment.

Aber das Märchenreich besteht darin, dass man immer wieder *selbst* durch diese Tür geht. Man darf die Dämonen gar nicht bis an sich herankommen lassen. Man muss mit einer sanften Bewegung seines Armes einen Zauber aussprechen und die ganze Welt um sich herum *verwandeln*. Man muss Cinderella werden – und er muss der Prinz werden. Man selbst ist dafür verantwortlich!

Und das ist jetzt ganz, ganz schwer zu erklären. Denn es geht nicht darum, jemanden anzuhimmeln – und doch um nichts anderes. Novalis nannte das magischer Idealismus. Und: Romantisieren. Es ist aber wirkliche Zauberei. Es ist Magie. Aber es muss *wahr* sein. Jemanden ‚anzuhimmeln' – wie macht man das? Für Wolf bin ich eigentlich ein Engel. Kein wirklicher Engel, aber ein Mädchen, das er so liebt *wie* einen Engel. Das muss man sich ganz genau vorstellen. Ich muss Wolf lieben *wie* einen Prinzen. Und das gelingt! Und das hat mit diesem Heiligen zu tun. Ach, wieviel haben wir darüber schon gesprochen! Es geht darum, dass der andere Mensch einem heilig wird, weil die eigenen Gefühle *selbst* immer heiliger werden, immer tiefer, immer aufrichtiger. Alles ohne Zwang, sondern weil sie es selbst wollen. Weil man eine Sehnsucht danach hat und dieser Sehnsucht folgt. Das ist der Weg zu der geheimen Tür hinter den Dornen...

Und Novalis hilft einem dabei, weil er sagt: Gib dem Gemeinen (also scheinbar ganz Gewöhnlichen) einen hohen Sinn... Gib dem Gewöhnlichen ein geheimnisvolles Ansehn. Gib dem Bekannten die Würde des Unbekannten. Und dem Endlichen einen unendlichen Schein. – Und wie macht man das, was heißt das überhaupt? Und jetzt kommt Wolf, dieser großartige Lehrer. Durch ihn weiß ich das alles überhaupt nur. Der Weg zum Wunder – beschrieben von Naemi... Aber ich kann es überhaupt nicht so gut wie er!

Eigentlich bedeuten alle vier Sätze das Gleiche – nämlich genau das: den Weg zum Wunder. Den Weg, die Dämonen der Gewöhnung völlig zu besiegen. Wütend geifern sie einem entgegen, und man schlägt ihnen einfach den Kopf ab. Es wachsen sieben Köpfe nach – und die schlägt man auch noch ab. Und danach liegt das Märchenland in all seiner Schönheit vor einem, staunend schaut man sich um – und man ist Cinderella und macht die ersten Schritte in dieses Land hinein...

Indem ich dem Gemeinen einen hohen Sinn gebe: Nichts ist ‚gemein', aber es beginnt im Denken. Ich muss über etwas heilig *denken* – erst dann sehe ich seine ganze Heiligkeit und Schönheit. Die Menschen denken ja über nichts mehr heilig, sie erkennen in nichts mehr einen hohen Sinn. Aber ich kann

zum Beispiel das Ende der Weihnachtszeit einfach hinnehmen, oder ich kann mir sagen: Es liegt ein hoher Sinn darin, dass es sich nun wieder ein Jahr lang vor mir verbirgt. Denn nur dadurch kann ich in einem Jahr wieder eine absolut heilige Freude empfinden... Es geht also darum, das Heilige von allem Einzelnem zu verstehen – und überhaupt *sehen* zu lernen. Denken zu lernen und dadurch sehen zu lernen!
Nie zu vergessen, dass er, mein geliebter Wolf, mich zwanzig Jahre lang gesucht hat. Zwanzig Jahre! Wenn ich mir das wirklich klarmache, kann ich mich doch nie daran stören, dass er schon so alt ist – er ist ja um meinetwillen und in der Suche nach mir so alt geworden! Wenn ich daran denke, dann muss ich fast weinen. So alt musste er werden, und dann sah er mich und musste, weil er schon so alt war, um meine Liebe geradezu betteln! Er hat das wirklich getan – aber auf eine so wunderschöne Weise, dass es mich erschüttert, wenn ich nur daran denke. Nein – ich kann meine Liebe zu ihm wirklich nie, niemals verlieren!
Gebettelt hat er nie – aber er hat mich *gebeten* in einer Weise, die noch viel tiefer ging als alles nur Vorstellbare. Absolute Schönheit in ihrer hilflosen, grenzenlosen Liebe zu mir, und irgendwo auch mit einem so grenzenlosen Vertrauen...
Wenn man dann noch mitdenkt, dass sogar die *Engel* wollten, dass wir uns begegnen... Man kann sogar denken, dass die Engel täglich ihre Hand über uns halten! Wenn man *das* denkt, o Gott, man kann so viel denken! Und das alles wäre hoher, heiliger Sinn. Heiliger Schutz...

Wenn man denken würde: Täglich spricht der eigene Engel zu einem: Du hast ihn nicht umsonst kennengelernt. Du liebst ihn – aber ich liebe dich, und ich liebe eure Liebe, und ich werde sie schützen, mit allem, was ich habe... Wenn man *so* denkt – dann kommen einem vor tiefster Rührung schon bei diesem einen Gedanken die Tränen!

Und ... eben fragte Wolf mich gerührt, was ich gerade schreibe. Und ich habe nur hilflos mit dem Kopf geschüttelt, voller tiefstem Glück, und mir verlegen meine Tränen fortgewischt. Und er hat gelächelt, und aus seinen Augen leuchtete diese vollkommen unbeschreibliche Liebe... Wenn man *das* sieht – dann ist es völlig unmöglich, das Märchenreich je zu verlassen! Mit alledem ist es völlig unmöglich, dass die Dämonen auch nur in die Nähe kommen!

Indem ich dem Gewöhnlichen ein geheimnisvolles Ansehn gebe. Dann *sehe* ich in Wolf einen Prinzen, und das ist er auch wirklich. Ich kenne keinen edleren Menschen als ihn, keinen, der mehr Liebe in sich trägt, keinen weiseren, keinen besseren! Er ist älter als andere Prinzen, aber ist er darum weniger schön? Nein, er ist, wie er ist, und das macht ihn unvergleichlich. Und wenn ich an die zwanzig Jahre denke, die er der Suche nach mir geopfert hat – dann kann nur *ich* mich schuldig fühlen...

Aber geheimnisvolles Ansehn bedeutet auch, dass wir die eigentliche Seele ja gar nicht sehen. Wir sehen nur den Körper, und wir sehen die Seele nur mit ihrer Liebe aus den Augen leuchten. Die Seele aber ist unsichtbar – sichtbar und unsichtbar zugleich. Wenn ich mir vorstelle, dass Wolf tatsächlich ein verzauberter Prinz ist, weil seine Seele unvergleichlich viel *schöner* ist als das, was vielleicht sein alt werdender Körper ist, dann gibt auch dies mir wieder eine noch andere Liebe als die, die ich sowieso schon habe.

Aber das alles sind keine ‚Methoden' – man muss sich in diese Gedanken *hineinstürzen*, nur dann sind sie wahr. Wenn man es abgrundtief ehrlich mit ihnen meint... Man muss sich von jedem einzelnen solcher Gedanken ganz und gar rühren lassen, weil man weiß, wie wahr er ist.

Ich kann mir sogar einen einsamen Wolf vorstellen. Einen, der wirklich zwanzig Jahre einsam durch die Wildnis zog, die

Wildnis der Menschen – niemanden findend, den er lieben konnte, einsam bis zuletzt. Schon dieser Gedanke rührt mich unglaublich. Und dieser Wolf könnte wütend werden, hassend, mörderisch. Er könnte ... ja, er könnte sich nehmen, was er wollte. Er könnte Mädchen reißen, er könnte Rotkäppchen fressen, schöne, zarte, verführerische Rotkäppchen. Aber stattdessen? Stattdessen bleibt der schöne, große, alte Wolf einsam, ganz und gar einsam, wird wirklich einsam, verzweifelt, alt, schwach, aber noch immer stark, von niemandem angegriffen, aber völlig einsam. Und dann – dann steht er nach zwanzig Jahren vor einem Mädchen. Vor dem einzigen Mädchen, was er je gesucht hat, auch wenn er sich für Momente in unzählige andere Mädchen verliebt hatte, weil sie ihm einfach über den Weg liefen, aber mehr auch nicht, aber an diesem einen Mädchen kann er nicht vorbeigehen – sein ganzer, einsamer Körper wehrt sich, seine einsame Wolf-Seele wehrt sich, und er sagt sich: Wenn mich *dieses* Mädchen abwehrt, dann werde ich mich in eine einsame Schlucht zurückziehen und meinen müden Kopf zum Sterben niederlegen. Aber jetzt werde ich alles tun, was ich kann, damit dieses Mädchen, obwohl ich hässlich bin (Wolf *ist* nicht hässlich!) bei mir bleibt, trotz seiner Angst, und langsam Vertrauen zu mir fasst, selbst wenn es mich nie lieben würde. Ich will nur, dass es Vertrauen zu mir fasst, ich will nur in seiner Nähe sein...

Wenn ich *daran* denke, kann ich es fast schon wieder nicht fassen, wie mich so etwas rührt. Und es ist wahr! Es ist alles wahr...

Ich kann es nicht fassen, wie unendlich viel man tun kann, um die Dämonen zu vertreiben – die Dämonen der Gewöhnung. Es liegt alles an einem selbst.

Indem ich dem Bekannten die Würde des Unbekannten gebe. Dieser Satz war es, mit dessen Hilfe er mir damals geholfen hatte, wieder in die Stimmung zu kommen, die ich glaubte, kaputtgemacht zu haben. Er erinnerte mich an Novalis und sagte dann diesen Satz. Und dann sagte er, ich soll alles um mich herum vergessen, was ich gesagt oder nicht gesagt habe, und nur an die Atmosphäre denken, die ich mir *gewünscht* hatte...

Das sagt eigentlich alles. Und hier stimmt das ‚Hier und Jetzt' auf einmal fast – aber nur wenn man entschlossen auf die geheime Tür zugeht und hier und jetzt die andere Gegenwart ganz *verlässt*! Man hat ja wirklich einen Satz gesagt, über den er hätte ärgerlich sein können und für den man sich unglaublich schämt. Aber dann flüstert er gleichsam: ‚Ich werde *nie* ärgerlich über dich sein, Naemi... Und du – geh zu der Tür dort, dann können auch dich die Dämonen nicht mehr verfolgen... Bitte spiele für mich, ich habe mich so darauf gefreut. Lass nicht zu, dass die Dämonen den Zauber stehlen, habe Mut – er *wird* über dich kommen!'

Alles immer wieder in eine unbekannte Situation verwandeln. Sich völlig hingeben können. Das ist die Unschuld – hier liegt sie, wirklich hier!

Ich war so wahnsinnig verliebt. So verlegen, gleichsam zitternd vor Verlegenheit, vor Scham, vor Liebe – und nichts davon wusste ich, es war alles auf einmal. Und dann spielte ich, und alles fiel von mir ab, und ich spielte wie im Traum, und ich liebte, wahnsinnig, und wusste es nicht...

Das Märchen kommt über einen, wenn man nur noch das Märchen gelten lässt. Das kann man niemandem beibringen. Es muss geschehen. Aber man muss es auch zulassen. Man muss sich sozusagen zitternd hingeben... Zitternd vor Vertrauen. Welch ein Widerspruch! Aber man zittert nicht vor Angst, sondern vor Hingabe, vor Unschuld. Es ist kein körperliches Zittern. Es ist eine absolute Verletzlichkeit, weil man sich ja auf nichts mehr verlassen kann – aber auch nicht braucht. Es ist das Zittern eines kleinen Vogels, der in Wirklichkeit gar nicht zittert, aber dessen Unschuld einen so erschüttert, dass man denkt, man könnte ihn erdrücken, wenn man ihn nur zart berührt. Absolute Verletzlichkeit. Absolutes Vertrauen. Absolute Hingabe. Man kann es nicht anders beschreiben. Man kann nur sanft seine Flügel ausbreiten – und gleichsam die Augen schließen...

Die Würde des Unbekannten. Ich darf nie glauben, ich wüsste, was ich sehe. Ich weiß gar nichts. Keine Schubladen. Keine Urteile. Jeder Mensch ist in jedem Moment neu.
Die Würde des Unbekannten. Wenn jemand uns entgegenkommt, dass er nicht denkt: ‚Schlimm. Verboten.', sondern dass er *nichts* denkt, weil es ja völlig unbekannt ist. Und dass er, weil er nichts denkt, auf einmal *sieht*, was für eine unglaublich schöne Liebe ihm da entgegenkommt...
Das Unbekannte ist das Nie-Gesehene. Auch wenn ich es gestern schon gesehen habe, ist es heute trotzdem wieder völlig neu und unbekannt. Sehen, als ob jeder Augenblick dein allererster wäre... *Sehen mit den Augen des Kindes.*
Dieser Gedanke kam mir eben ohne jede Vorwarnung. Ich meine nicht ein Kind, ich meine *das* Kind. Das Kind in der Krippe. Oder Christus. Sehen mit den Augen des Christus.
Die Würde des Unbekannten. Die Würde des Menschen ist unantastbar. Aber alles, alles hat immer die Würde des Unbekannten – und wenn auch sie unantastbar wäre? Wenn man nur lernen müsste, sie zu *sehen*?
Dann wären die Dämonen weit, weit weg. Sie müssten sich in die hintersten Winkel der Welt verkriechen. Leuchten würde überall die Würde des Unbekannten...

Und schließlich: Indem ich dem Endlichen einen unendlichen Schein gebe. Wieder lebt in jedem Körper die Seele. Sie stirbt nicht, sie wird wiedergeboren, sie ist ewig und heilig.

Sie ist es, die mich gesucht hat – und vielleicht haben wir uns schon in vielen früheren Leben gesucht und immer gefunden... Wie kann da eine Gewöhnung eintreten? Wie kann sich da die Liebe nicht immer wieder erneuern, jeden Tag, indem man nur daran denkt?

Oder indem man denkt: Jeder Tag der Liebe, den ihr lebt, jeder Tag wirklicher, tiefer Liebe, schenkt dieser Erde etwas, was nie wieder vergehen wird, was bis in alle Ewigkeit helfen wird, dass die Liebe *bleiben* wird.

Wenn ich in Wolfs Augen blicke, jetzt, wo er mich eben so angeschaut hat, mit dieser unbeschreiblichen Liebe in *seinen* Augen, und wenn ich mir vorstelle, dass wir uns schon seit Ewigkeiten kennen – und wenn ich es in seinen Augen fast *sehen* kann, obwohl ich denke, dass seine Liebe nur so groß ist, weil er mich zwanzig Jahre lang gesucht hat, aber wenn das ein falscher Gedanke ist, weil in seinen Augen eigentlich eine *Ewigkeit* spricht... Dann bleibt einem fast der Atem weg. Aber wer will das beurteilen. Es könnte genauso gut wahr sein! *Ich* sehe keinen Unterschied. Ich weiß nicht, was wahr ist. In seinen Augen liegt *sowieso* eine unendliche Liebe. Vielleicht ist sie auch zeitlich unendlich...

Das also ist Novalis. Ein kurzer Kurs in seiner Magie – gegeben von Naemi, seiner ganz unwürdigen Dienerin...

Es gibt auch einen Aspekt der Gewöhnung, der noch gefährlicher ist, weil es um das ganze Leben geht – was man tut, was man möchte.

Es gab einen Moment, als ich siebzehn war, wo diese Gefahr drohte – und mit ihr wieder andere Dämonen, die unsere Liebe liebend gern zerrissen hätten.

Wolf hatte mir erzählt, dass seine frühere Frau Kunst und Kultur, Partys und Trubel mochte – und dass er damit ganz vereinsamte, weil sie immer oberflächlicher wurde und seine Liebe zur Natur überhaupt nicht teilen konnte. Ich hatte ihn damals gefragt, was geschehen würde, wenn ich mich für so etwas interessieren würde. Und er sagte: ‚Du könntest dich für alles interessieren, Naemi, und ich würde es mit dir teilen wollen...'

Das hat mich wahnsinnig berührt. Aber ich wusste auch, dass ich mich dafür nicht interessiere – und dass auch er das wusste. Ich hätte nie gedacht, dass gerade hier dennoch eines Tages etwas geschehen könnte, was unsere Liebe gefährdet.

Und doch merkte ich eines Tages, dass Wolf die Natur mehr liebt als ich – oder ausschließlicher. Anders gesagt: Ich merkte, dass ich eine Sehnsucht nach auch noch etwas anderem hatte. Ich wusste nicht einmal, was. Ich merkte, dass ich die Natur nur dann dauerhaft und aufrichtig weiter lieben könnte, wenn noch etwas dazukäme.

Diese Entdeckung schockierte mich so, dass ich Wolf, nachdem mir dies endlich klar wurde, tagelang nichts sagte. Natürlich wurde es immer schlimmer – auch *weil* es das erste Geheimnis war, das ich vor ihm hatte. Alles aus Angst, ihn nicht zu verletzen, unsere Liebe nicht zu gefährden. Aber er sah es natürlich, und in seiner unglaublich zärtlichen Art drängte und bat er mich, doch zu sagen, was mir auf der Seele lag. Und er brauchte nicht lange zu drängen, denn als er so mit mir sprach, hatte ich wieder tiefstes Vertrauen, was auch kommen mochte...

Und ich wurde nicht enttäuscht! Als ich alles ausgesprochen hatte, sah ich ihn wieder furchtsam und mit Herzklopfen an, *trotz* Vertrauen, und er nahm mich in die Arme und flüsterte: ‚Es wird alles gut werden, Naemi...' – Und von da an *war* schon alles gut.

Er fragte mich, was mich interessieren würde, was mir fehlen würde. Ob ich Vorschläge, Wünsche, Hoffnungen hätte. Und ich musste es verneinen – ich wusste nicht, was mir fehlte. Daraufhin hat er sich selbst vorgenommen, mit mir über andere Dinge zu sprechen, andere Dinge zu unternehmen, *zusätzlich* zu der wunderschönen Natur, die ich auf einmal natürlich absolut nicht missen wollte.

Und das Erste war die Kunst – für die er schon um seiner früheren Frau willen sich zu interessieren begonnen hatte, was ihm auch allmählich gelungen war. Er hatte es dann wieder ruhen lassen, und nun griff er es für mich wieder auf. Er las Bücher, er erzählte mir von dem, was er gelesen hatte, und ich lebte wieder auf – denn ich *liebte* es, ihm zuzuhören. Ich liebte es über alles. Ich hörte sein eigenes Interesse, seine vorsichtige Begeisterung, seine Unsicherheit, sein Bemühen – sein Bemühen, mir etwas zu schenken, etwas zu ‚bieten', was mir etwas bedeuten würde. Und schon sein Bemühen bedeutete mir so viel, so unendlich viel! Schon da waren die Dämonen weit, weit weg, denn nun hatte ich überhaupt keine Angst mehr...

Ich hörte ihm zu, sog alles auf, interessierte mich für alles, allein schon, weil *er* darüber sprach, weil er es für mich gelesen hatte und es ausgewählt hatte, um mit mir darüber zu sprechen, in seiner Liebe, etwas für mich zu finden.

Ich erinnere nicht mehr die einzelnen Künstler, die er alle erwähnte, auf seinen Streifzügen, die er für mich und mit mir machte. Das Wichtigste, was davon blieb, war das Interesse für die Kunst *selbst* – das Staunen über die vielen verschiedenen Versuche und Wege, sich auszudrücken, allein schon in der Malerei.

Der Erste, der größeren Eindruck auf mich machte, war Beuys. Und das lag daran, dass auch Wolf bei ihm länger verweilte. Das wiederum lag wahrscheinlich daran, dass Beuys Beziehungen zur Anthroposophie hatte – aber nicht nur allgemein, sondern sehr konkret sichtbar. Aber auch Wolf lernte Beuys erst jetzt eigentlich wirklich näher kennen. Er las ein Buch über Beuys und erzählte mir abends immer wieder, was er mittlerweile gelesen hatte. Dann schauten wir auch noch einen Film über ihn, den ich sehr gut fand. Was mich beeindruckte, war, dass er einmal, als er schon Professor an der Kunsthochschule war, alle Bewerber aufnahm, obwohl die Zahl begrenzt war. Er setzte sich einfach darüber hinweg – und wurde dafür schließlich selbst entlassen, soweit ich es verstanden habe. Ich bewunderte seinen Mut – überhaupt in allem. Er stellte sich jeder Diskussion, obwohl er so oft so unglaublich viel Gegenwind bekam – und obwohl er sogar mit schweren Rückschlägen, Selbstzweifeln und Depressionen zu kämpfen hatte. Ein absolut bewunderungswürdiger Mann!

Aber das war noch nicht alles. Beuys verstand sehr viel von Rudolf Steiners Idee der sozialen Dreigliederung – die ich, glaube ich, noch nicht allzu gut verstehe, obwohl Wolf es mir damals erklärt hatte. Aber worauf alles hinausläuft, ist, dass die Gesellschaft *menschlich* wird, dass auch ihre Organisation, ihre Strukturen menschlich werden, dass die Dinge für den Menschen da sind und nicht umgekehrt. Also zum Beispiel auch keine *Prinzipien* im ‚Geistesleben', jedenfalls keine, die das Leben selbst ersticken.
Beuys selbst nun sprach immer von der ‚sozialen Plastik', und das bedeutete für ihn, dass alles, was mit dem Sozialen

zu tun hat, also eigentlich mit dem Menschlichen überhaupt, mit jeder Begegnung, auch in der Gesellschaft, überhaupt erst einmal *gestaltet* werden müsste. Ein Kunstwerk sollte es werden! Für Beuys war es wichtig, dass das überhaupt erst einmal so gedacht werden konnte: Das Soziale müsste, muss ein Kunstwerk werden! Das war das Nächste, was mich begeisterte. Keine Prinzipien – Kunst! Aber Kunst im Sinne von heiliger Kunst, wunderschöner Kunst. Also fast schon auch: Religion. Das Soziale zwischen Mensch und Mensch ein Heiligtum... *Das* hat mich maßlos begeistert...

Und wir sind dann auch herumgereist. Wir waren in München, in Köln, in Hamburg, in Dresden, in Berlin. Wir haben Kirchen besichtigt, Museen, historische Orte. Alles war interessant, und ich könnte viel erzählen und habe auch viel vergessen. Aber nicht darum geht es, sondern darum, es gemacht zu haben. Und: es mit *Wolf* gemacht zu haben. Ich war so unglaublich glücklich – immer, wenn wir verreist waren. Ich bin ihm mit glühender Liebe überallhin gefolgt.

Ich will nur von einer Reise erzählen. Weil sie mit Beuys zu tun hatte. Aber vorher will ich noch sagen, dass die Blicke uns auch auf den Reisen verfolgten. Ein gemeinsames Hotelzimmer mit Doppelbett bekamen wir aufgrund unserer verschiedenen Namen und meines Alters nur, weil Wolf regelmäßig eine Kopie aus dem Melderegister vorlegte, in der ich seit meinem siebzehnten Geburtstag eingetragen war. Die Blicke der Portiers waren entsprechend, obwohl auch sie sich immer bemühten, teilnahmslos-diskret zu gucken. Es war manchmal fast zum Lachen, wenn es nicht so traurig gewesen wäre.

In Berlin war es übrigens auch, dass wir einmal im Café saßen und ein Junge von vielleicht achtzehn zu uns rüberkam und mir einen Zettel hinlegte – mit seiner Telefonnummer und ob ich ihn einmal anrufen würde. Er beachtete Wolf einfach nicht, bis auf einen lässig lächelnden Blick, und dachte, er sei mein Vater! Ich war so perplex, dass er sich bereits wieder an seinen Tisch gesetzt hatte, bis ich den Zettel zu Ende studiert und mich wieder gefasst hatte. Dann bin ich aufgestanden, zu ihm hinübergegangen – er saß dort mit zwei Freunden – und habe ihm gesagt, dass Wolf nicht mein Vater, sondern mein Freund sei, mein Geliebter. Dann habe ich ihm den Zettel zurückgegeben und bin wieder zurückgegangen.

Nun, bei den Typen blieb es dann nicht bei Blicken, sondern sie begannen, sich zu amüsieren – zuerst, sich über ihren Freund lustig zu machen, und dann, sich alle drei über uns lustig zu machen. Das war schlimm, denn er sah eigentlich ganz nett aus. Nun, wir haben nicht den Versuch gemacht, uns irgendwie zu wehren, sondern sind einfach gegangen. Wolf hat sogar noch das Bestellte bezahlt und ich habe währenddessen die ganze Zeit mit feurig-bösem Blick zu ihrem Tisch geschaut, und ich glaube, das hat sie dann wenigstens *etwas* nachdenklich gemacht. Aber das war also sozusagen unser abschließendes Berlin-Erlebnis, kurz bevor wir wieder nach Hause gefahren sind...

Ich spürte, dass es Wolf nicht nur etwas wehgetan hatte, und ich tröstete ihn, so gut ich konnte – und er beruhigte mich, denn ich konnte ja absolut nichts dafür, aber ich sah, dass er tiefer getroffen war, als er zugab, mir zuliebe. Und wie sehr liebte ich ihn dafür! Diesen einsamen Wolf, der all das um meinetwillen erlitt, der sich nicht darum kümmerte, ob sich Pfeil um Pfeil in sein Fell grub, der nur still und schweigend litt – und der mir so innig dankbar war, dass ich ihm in tiefer Liebe sein blutendes Fell leckte...

O, mein Gott, ich könnte *so* viel erzählen – so viele zutiefst rührende Momente mit ihm! Wie kann es so etwas in *einem* Leben geben?

Aber ich wollte ja eigentlich von dem schönen Teil erzählen. Berlin ist so vielfältig! Wir waren in Neukölln, im Prenzlauer Berg, im Britzer Garten, an der Gedächtniskirche, am Brandenburger Tor – man kann sich nicht vorstellen, dass das alles *eine* Stadt ist und dass wir natürlich nur den allergeringsten Teil von ihr gesehen haben. Und dann waren wir im Hamburger Bahnhof – dem Museum für die Kunst der Moderne, also der Gegenwart, der letzten fünfzig Jahre sozusagen. Ein tolles Museum! Allein schon das Gebäude. Eine alte Bahnhofshalle als Museum – aber mit großem Gebäude rundherum, und damals konnte man noch bauen!

Bevor ich zu Beuys komme, noch eine andere Bemerkung. Wir schauten uns erst die berühmtesten Stücke an. Zum Beispiel Andy Warhol mit Marilyn Monroe. Ich kannte das vorher überhaupt nicht – und es sagte mir auch nichts, ebenso wenig wie die anderen Bilder. Ich war ziemlich enttäuscht.

Und dann stand da auch noch eine Skulptur, die einen Frauenkörper zeigte, im weißen Kleid, wie ein Brautkleid, durchbohrt von Riesenscherben, was mich total entsetzte. Aber Wolf sagte, die Schechina, so hieß die Skulptur, bedeute in der jüdischen Esoterik die *Einwohnung Gottes*, und zugleich seinen weiblichen Aspekt. Über ihr waren die Zahlen eins bis zehn, und die zehn Sefirot bedeuteten die zehn Eigenschaften Gottes. Ich staunte, was er alles wusste, aber er sagte, das seien leider auch alles nur Bruchstücke – aber, ich meine, selbst diese ‚Bruchstücke‘ würde kaum jemand kennen!

Wir standen eine Weile vor dieser Skulptur, und Wolf sagte leise: Vielleicht ist ein Mensch, der wirklich die Einwohnung Gottes erleben würde, so verletzt und wund wie diese Gestalt, sei es, weil die göttliche Liebe ihn so verletzt, sei es, weil sie auch ihn so verletzlich macht, indem sie ihn mit reiner Hingabe durchdringt. Liebe und Verletzlichkeit sind eins... Oder auch: Wahre Liebe, göttliche Liebe, ist eine einzige Wunde, weil sie unter *allem* leidet, leiden muss, was noch nicht Liebe ist...

Das hat mich sehr erschüttert – und meinen Blick völlig verwandelt. Im Nachhinein, im Rückblick noch nach so langer Zeit, ist mir die Schechina unglaublich im Gedächtnis geblieben... Und ich habe auch nur ihren Künstler behalten: Anselm Kiefer. Wir standen dann noch lange vor seinem anderen Riesenwerk, Lilith am Roten Meer, von dem ich nicht das Geringste verstand. Aber auch dieses Werk berührte mich irgendwie, vielleicht allein schon durch seine Rätselhaftigkeit und durch sein Grau, durch die leeren Gewänder. Irgendetwas sehr, sehr Trauriges ist damit verbunden...

Dann kamen wir auf die andere Seite, und da war Beuys. Da war vor allem seine Skulptur ,Unschlitt'. Allein schon der Name! Ich war schockiert und wieder entsetzt, denn ich verstand nichts, wirklich nichts von diesen Riesenklötzen, die da mitten im Raum standen. Ich dachte schon: Habe ich mich, hat Wolf sich in Beuys getäuscht? Aber dann las ich den Begleittext an der Wand – und der veränderte wieder alles.

Beuys hatte sich in einem Ort, der nach seiner Teilnahme gefragt hatte, die hässlichste aller Stellen gesucht – eine Fußgängerunterführung, und Wolf erklärte mir, dass es hässlichste Betonkonstruktionen gebe, von denen ich noch nicht einmal eine Ahnung habe, weil es die bei uns einfach nicht gibt. Das Ganze galt als modern. Und Beuys suchte sich also in einer so abgrundtief hässlichen Unterführung die hässlichste Ecke aus, einen toten Winkel, und diesen goss er mit Fett aus. Es wurde eine gigantische Skulptur, die fast sogar die technische Machbarkeit sprengte, weil noch nie jemand mit so viel Fett gearbeitet hatte. Niemand wusste, ob das Fett überhaupt kalt werden würde, mit einem Riesenaufwand wurden die Bottiche gestützt und so weiter.

Und dann stand also dieses hässliche Abbild für alle Augen sichtbar da – sozusagen so hässlich, dass es wehtun musste, wie der Schechina, wenn man überhaupt noch Gefühl dafür hatte. Beuys führte der Gesellschaft ihre eigene Hässlichkeit vor Augen. Wolf half mir, das zu verstehen. Und er half mir auch, das Fett zu verstehen. Ich dachte erst, das Fett sollte die ganze Sache noch ekliger machen, aber Wolf sagte, für Beuys war das Fett etwas ganz Besonderes, weil es Wärme speichert. Und die Wärme, die Seelenwärme, fehlt den Menschen ja gerade. Genauso begeistert war Beuys auch von den Bienen, die ebenfalls unglaublich viel mit *Wärme* zu tun haben, in der Wärme leben, in ihrem Stock die Wärme hüten, und zugleich so soziale Wesen sind. Sozial! Liebe-Wesen sind es, die Bienen. Mit Wolfs Hilfe begriff ich sehr, sehr viel von dem, was Beuys beschäftigte – und was kaum jemand verstand, weil es eben nicht ‚mal eben so' zu verstehen ist. *Das* machte Beuys einsam – dass die Menschen nicht bereit waren, darüber nachzudenken, es zu empfinden! Also das Fett dieser ekligen Skulptur ‚Unschlitt' war im Grunde gerade die *Heilung* des Ganzen. Eine symbolische, eine angedeutete Heilung. Die Botschaft: Macht euch Gedanken über die Wärme, die euch verlorengeht! Seht doch, wie kalt eure Unterführungen gebaut sind, kalt und hässlich! Ich bewunderte Beuys von da an grenzenlos für seinen Mut, für seine Einsamkeit, für seinen Versuch, etwas *verstehbar* zu machen, wofür die Menschen einfach noch nicht reif waren. Für seinen Versuch, mit der Kunst gleichsam wie mit einem Blitzstrahl in die Menschheit hineinzufahren und zu rufen: Denkt nach! Denkt nach! Er war in der Hinsicht ein ganz, ganz Einzelner...

Und dann lagen da noch Tafeln von Beuys, schwarze Tafeln, auf die er mit Kreide Skizzen gemacht hatte, während seiner Aktionen, um den Leuten Verschiedenes zu verdeutlichen. Und auf *einer* dieser Tafeln hatte er etwas geschrieben, was ich ebenso grandios fand, so dass ich es mir damals aufschrieb und hier noch einmal aufschreibe:

I am searching for field character. – Only on condition of a radical widening of definition will it be possible for art and activities related to art to provide evidence that art is now the only evolutionary-revolutionary power. Only art is capable of

dismantling the repressive effects of a senile social system that continues to trotter along the deathline: to dismantle in order to build
A SOCIAL ORGANISM AS A WORK OF ART.

Das heißt: Nur indem die Definition der Kunst – oder vielleicht überhaupt jede Definition – radikal erweitert wird, wird es für die Kunst möglich, zu beweisen und es offensichtlich zu machen, dass Kunst heute die einzige evolutionär-revolutionäre Kraft ist! Schon das ist ein unglaublicher Satz. Wolf half mir auch hier wieder mit dem Verständnis. Evolution ist Entwicklung. Die Entwicklung der Menschheit ist sozusagen längst stehengeblieben – das wird im nächsten Satz erklärt. Wirkliche *Entwicklung* kann, so Beuys, nur noch von der Kunst ausgehen. Aber dafür muss der Kunstbegriff selbst erweitert werden, um dies zu verstehen.

Und er sagt weiter: Nur Kunst kann die repressiven, unterdrückenden Wirkungen eines senilen sozialen Systems aufdecken und entlarven, das immer weiter fortfährt, an der *Todeslinie* entlangzuschlendern – dies zu entlarven, um auf diese Weise stattdessen einen *sozialen Organismus* zu schaffen, und zwar als ein *Kunstwerk*.

Ich kann nicht beschreiben, welche Kraft diese Sätze haben, wie sehr sie mich erschüttern! ‚Unschlitt' war sozusagen nur der Anfang. Mit diesen zwei Sätzen hält Beuys der ganzen Gesellschaft *grundsätzlich* und so radikal, wie nur irgend denkbar, den Spiegel vor die Augen. Wir gehen einen Todesweg. Wir zerstören alles, wir bringen den Tod in die Welt, setzen den Tod frei, durchdringen alles mit Tod, einfach weil unser soziales System alt geworden ist, nur noch aus Todeskräften besteht, aus unterdrückenden, das *Menschenwesen* unterdrückenden Todeskräften.

Unser soziales, unser Gesellschaftssystem *ist* nicht sozial, denn es unterdrückt das Menschenwesen – nicht den Men-

schen, wie er heute ist, sondern das Menschenwesen, wie es *sein* könnte. Im Grunde die *Schechina*. Dieser Gedanke kam mir erst jetzt eben. Alles andere habe ich mit Wolfs Hilfe erst so unglaublich weitgehend verstanden. Ich kann nicht sagen, wie sehr ich Beuys bewundere. Er sagt die volle Wahrheit – und niemand versteht sie, weil niemand den ganzen Ernst begreift. Weil nämlich auch niemand versteht, was der Mensch sein könnte – was diese ‚soziale Skulptur' sein könnte. Weil auch niemand ‚Unschlitt' versteht, niemand das Fett, niemand die Bienen. *Niemand versteht Beuys!*
Ich glaube, Beuys war nach Rudolf Steiner vielleicht der einzige Mensch, der überhaupt verstand, worum es geht – wie riesig, wie unbeschreiblich riesig die eigentliche *Frage* ist.

Einen sozialen Organismus schaffen – *als Kunstwerk*. Aber Kunst als heilige Kunst verstanden. Heilige, heilige Kunst. Manchmal kommt es mir so vor, als sei Wolf der einzige Mensch, der dies nach Beuys versteht. Aber bestimmt gibt es noch andere, denn es gibt ja noch mehr, die sich mit Rudolf Steiner beschäftigen. Aber wo sind sie? Wolf ist ja auch deshalb so einsam gewesen, weil er *darin* niemanden fand.
Er hat es mir einmal so erklärt: Rudolf Steiner sah eine ferne Zukunft für die Menschheit voraus, in der überhaupt alles wieder heilig sein würde, jede Tat, jede Bewegung. Wo das Laboratorium des Wissenschaftlers für diesen wie ein *Altar* sein würde. Wo der Lehrer, der Kinder unterrichtete, eigentlich ein *Priester* war, weil ihm sein Dienst für die Kinder so heilig sein würde. Und wo auch der Arzt wieder ein heiliger Heiler sein würde, kein Verwalter technischer Anweisungen, was im Fall A und im Fall B zu verabreichen sei. Wo also die Kunst gerade darin besteht, jede kleinste Begegnung zu etwas Heiligem zu machen. *Das* gerade wäre das Kunstwerk, die soziale Kunst, die höchste, die heiligste Kunst...

Und den von Beuys bekannten Satz ‚Die Mysterien finden heute am Hauptbahnhof statt' erklärte Wolf mir so: Die Mysterienstätten waren früher die Orte heiligster Einweihung in die göttlichen Geheimnisse. Die Menschen wurden dort in einen todesähnlichen Schlaf versetzt, um aus ihrem Körper befreit in der geistigen Welt zu schauen (‚leibbefreit im Geisterland'!), was der Mensch in Wahrheit ist, was auch alles andere in Wahrheit ist. Übersinnliche Erkenntnisse, aber ganz real. Auch bei den alten Ägyptern zum Beispiel war das real. Aber die Griechen hatten auch solche Mysterien, bis es dann alles immer mehr in Verfall geriet, also sozusagen *auch* senil wurde.

Und Beuys sagt: Eigentlich ist heute jede Begegnung etwas, was ein Heiligtum werden könnte, wo ein Mensch in der Begegnung mit dem anderen Menschen erkennen könnte, was ein Mensch eigentlich ist. Nicht Leib, sondern Seele und Geist. Schechina... Aber verleugnete Schechina. Der Mensch hat Gott *verloren* – auch sein eigenes Göttliches. Aber er kann es wiederfinden. Und zwar sogar am Hauptbahnhof. Die Menschen müssen es heute wiederfinden. Jetzt. Es ist keine Zeit mehr zu verlieren. Macht die Augen auf und seht, was ein Mensch *eigentlich* ist!

Ich frage mich, was ich von alledem ohne Wolf verstanden hätte. Nichts. Rein gar nichts. Nicht einmal aus Büchern – es sei denn, sie wären gut gewesen, und dann auch nur einen Bruchteil. Ohne Wolf hätte ich überhaupt nicht gewusst, dass es das gibt! Und die anderen alle wissen es bis heute nicht! Die Mysterien finden am Hauptbahnhof statt – und keiner begreift es! Das alles ist für mich unfassbar. Was ist seit Steiner passiert? Haben die Menschen Steiner auch so wenig verstanden, wie sie Beuys verstanden haben? Aber es gibt doch die Christengemeinschaft! Es gibt doch die Waldorfschulen! Warum nützt das alles nichts!?

Ich muss noch kurz weitererzählen. Von dem eigentlichen Gebäude aus konnte man weitergehen zu einem langen Gebäudetrakt mit vielleicht alten Fabrikhallen. ‚Rieckhallen' hieß das. Dort waren moderne Installationen zu sehen. Die meisten davon sagten mir wiederum nicht viel. Aber es gab zum Beispiel einen Raum, in dem aus sechs Lautsprechern immer abwechselnd ein Musikinstrument ertönte, und alle diese Instrumente waren im Krieg, in verschiedenen Kriegen, beschädigt worden. Ein beschädigtes Cello, eine beschädigte Geige, so ungefähr. Das berührte mich. Es war, wie wenn sie eine Gemeinschaft bildeten – und einem sagten: Wir haben überlebt. Bitte vergesst nicht, wie schrecklich der Krieg ist...

Dann gab es einen Raum im Untergeschoss, der an ein Massaker in den USA erinnerte, Columbine, offenbar eines der ersten dieser furchtbaren Massaker, die sich dann immer mehr häuften. Ein Amoklauf in einer Schule. Schon auf der Treppe lag Plastikschnee. Dann kam man in einen recht dunklen Raum, in dem überall dieser Schnee lag, dort stand ein Klavier, zu dessen Füßen und an einer Säule kleine Teelichter, als Gedenklichter, und an die Wand projiziert wurde, wie ein animiertes Mädchen auf einem Klavier spielte, während es schneite. Auch das berührte mich sehr, ich weiß gar nicht genau, warum, vielleicht gerade durch diese einsame Traurigkeit des Ganzen... So traurig, dass sogar ein *animiertes* Mädchen für die Toten spielen muss. Ich meine, dass sie sogar *mehr* an die Toten denkt als die, die es tun sollten...

Und dann gab es ganz am Ende dieser Hallen einen Raum. Davor gab es einen Kassettenrekorder, aus dem fortwährend nur ein Geräusch ertönte: das Schippen von irgendwelchem Gestein, immer wieder das Hineinstoßen der Schippe in das Gestein. ‚Digging' hieß das. Unglaublich trostlos. Erschütternd schon das. Und dann ging man in diesen letzten großen dunklen Raum, in dem etwas stand, was wieder ein dunkler Gang war, in dem nur ein trübgelbes Licht leuchtete. Und man kam hinein in diesen Tunnel, und in der Mitte stand man auf einmal an einer Stelle, wo es in alle Richtungen als eckiger Tunnel weiterging: nach vorne, hinter einem, zu beiden Seiten, nach oben und unten, man stand auf einem Gitter. Zu allen Seiten ging es eckig noch etwa drei Meter weiter, dann war Schluss, mit Backstein oder einfach so. Die *Wirkung* dessen war unglaublich. Man fühlte sich wie in einer völligen Einsamkeit. Bei diesen Science-Fiction-Filmen wird manchmal eine völlig seelenlose Welt gezeigt. Aber dies hier, dies war noch hundertmal gesteigerter das: völlige, völlige Einsamkeit. Keine Einzelhaft, sondern das Erlebnis, dass es überhaupt außer einem selbst *nichts Menschliches mehr gibt*. Und das Kunstwerk hieß so: ‚Room with My Soul Left Out, Room That Does Not Care'. Ein Raum, den es nicht kümmert, was ich als Mensch bin, dass ich ein Mensch bin! Das Ganze war nur ein Raum – aber es war gleichzeitig ein Symbol für unsere Welt. Wenn wir so weitermachen, dann wird dies unsere Welt!

Ich schrieb am Anfang, das Museum sei toll. Es *ist* toll. Aber nur wegen dieser drei Werke: Wegen der Schechina, wegen Beuys und wegen dieses Raumes. Wenn die Menschheit begriffe, was in diesen drei Werken liegt – sie hätte *alles* begriffen, was sie braucht. Und sie stehen da, diese Werke, Tausende von Menschen gehen mit der Zeit daran vorüber, gehen sogar hinein, in diesen Raum, aber sie gehen wieder hinaus, aus dem Raum, aus dem Museum, und sie verstehen nichts. Und das Leben geht weiter – und nichts geschieht... Ich kann es nicht beschreiben, ich habe keine Worte dafür, ich stehe da, ein wenig wie die Schechina. Mit Scherben, verwundet in meiner ganzen Seele, und ohne Sprache...

Nun ist der Weihnachtsbaum fort, und die Krippe auch. Ich hoffe, was ich gestern geschrieben habe, war ein würdiger Abschluss dieser heiligen Zeit – und ich hoffe, ich kann dieses Tagebuch auch noch würdig genug fortsetzen, denn es ist ein Geschenk aus dieser Zeit.

Was für ein riesiger Unterschied, wenn die Schule wieder losgeht, wenn Wolf wieder arbeiten muss, wenn wir nur ab dem späteren Nachmittag wieder zusammen sind und wenn der Weihnachtsbaum weg ist! Auf einmal wirkt das Zimmer so nackt, so entheiligt – und dann weiß man erst, *wie sehr* dieser Baum und die Krippe alles geheiligt haben. Friede auf Erden... Nun ist dies wieder fort, und nur *wir selbst* können es in alles hineintragen...
Heute habe ich zum ersten Mal wieder Harfe gespielt. Ich kann inzwischen eine ganze Reihe wunderschöner Lieder, und ich habe mir heute die traurigsten ausgesucht, um die Weihnachtszeit zu verabschieden. Und der Klang der Harfe kann noch immer eine so wunderschöne Atmosphäre hervorzaubern! Es hat mich so unglaublich getröstet...
Ich weiß, dass wir uns nachher noch zärtlich lieben werden. Ich sehne mich diesem Moment entgegen. Und zugleich liegt zwischen jetzt und dann noch diese ganze zauberhafte Zeit, in *der* man sich dorthin sehnt... Allein das verbreitet schon das reale Märchenreich – die Sehnsucht, diese süße, süße Sehnsucht...

Im Grunde bin ich nun auch in der Gegenwart angekommen, ich meine, mit diesem Tagebuch. Ich könnte noch viel erzählen, aber ich weiß gerade nicht, was davon ich noch erzählen sollte. Vielleicht bin ich auch mit meinen Gedanken, jetzt, wo die Weihnachtszeit zu Ende gegangen ist, wieder in Gegenwart und Zukunft. Im Frühjahr werde ich mein Abitur machen, und ich sollte jetzt wissen, was ich dann tun will. Aber noch weiß ich es nicht.

Ich möchte so gern etwas tun, was für die ganze Welt *wichtig* ist. Aber was ist das? Wolf sagt, es gibt so vieles – und er hat viele Vorschläge gemacht, die ich alle verstehen konnte und die ich mir theoretisch alle vorstellen könnte, und doch konnte ich nichts davon bisher annehmen. Wo ist der Beruf für die soziale Kunst? Muss man dafür einfach nur Mensch sein? Aber ich möchte es als Beruf!

Und dann? Wie geht es dann weiter? Dann studiere ich, dann arbeite ich – dann arbeiten wir beide und sehen uns nach wie vor erst nachmittags oder abends. Und dann? Was ist dann mit der Gewöhnung? Und möchte ich etwa irgendwann Kinder? Oder nie? Und wie alt ist Wolf, wenn ich Kinder möchte? Und wenn die Kinder groß werden? Über sechzig, wenn sie zehn sind? Und was sollen *sie* dann von ihm denken? Und von mir? Diese Gedanken machen mir Angst. Es macht mir Angst, wenn ich daran denke, dass Wolf schon so *alt* ist. Es macht mir Angst, wenn ich daran denke, dass die Dämonen der Gewöhnung nur darauf lauern, dass ich studiere, dass ich einen Beruf haben werde, dass die Jahre vergehen werden, einfach vergehen – und *sie* haben ja Zeit...

Und dann sage ich mir wieder: Aber das wollen sie doch nur. Dass du dir diese Gedanken machst. Dass sie über diese Gedanken die Einfallstore in deine Seele finden. Diese Gedanken – als Schneisen, auf denen sie entlanggaloppiert kommen. Du kannst ihren Geifer schon riechen, du siehst ihre Gebisse schon gefletscht, trüb leuchtend im Dämmer ihres Angriffs. – Und dann schaue ich zu Wolf hinüber, und mir kommen die Tränen, Tränen der Scham, der heißen Reue, dass ich mir überhaupt solche *Gedanken* mache. Und er fragt mich wieder zärtlich, und ich lächle wieder und schüttle sanft den Kopf, aber diesmal nicht vor Glück, sondern vor Scham, und er lächelt voller Verständnis und lässt mich auch diesmal wieder so unsäglich zärtlich *frei*, dass es mich schüttelt vor Liebe... O, ich liebe ihn so unsagbar!!!

Ich musste das Buch kurz zur Seite legen. Wolf hat mir das Haar gestreichelt und nichts gesagt. Er versteht mich ohne Worte. Es ist alles so unfassbar – so unfassbar schön... Worte versagen hier völlig. Sie kommen einfach an eine Grenze. Jenseits dessen ist nichts mehr. Nur noch reine Rührung – wirklich *reine Rührung*. Ich kann es nicht fassen, dass ich dies alles verdiene, verdient habe. Womit? Womit nur? Ich mache mir keine Gedanken! Ich mache mir einfach keine Gedanken. Unsere Liebe ist sowieso ewig. Egal, was passiert. Wolf und ich – das ist, wie es ist. Ich verstehe nicht, warum die Engel ihn so lange haben warten lassen. Aber ich verstehe es doch, denn nur deshalb konnte er so sein, wie er jetzt ist. Und ich liebe ihn ja gerade *deshalb*! Ich könnte nie einen anderen so abgrundtief lieben – jedenfalls wäre es alles nicht das Gleiche. Es konnte nur so gehen, so schrecklich es vielleicht auch irgendwann noch werden wird, ich meine, wenn Wolf so alt wird. So alt, dass sein Fell grau wird, dass seine Beine langsam versagen, dass sein Kiefer müde wird, dass man ihn füttern muss, das Fleisch für ihn jagen, es ihm kleinkauen, ihn zärtlich damit füttern... Aber daran denke ich jetzt noch nicht! Die Liebe wird noch früh genug wehtun. Jetzt aber tut sie weh vor *Glück*...

Ich hatte gestern überhaupt nicht mehr weiter erwähnt, dass der Weihnachtsbaum nicht nur weg ist, sondern dass Wolf natürlich wieder eine ganze Weile gearbeitet hat, vorgestern, während ich schon im Bett lag, bis alles weg war, abgeschmückt, aufgefegt, weggetragen – und er möchte es wirklich immer ganz allein machen. Ich frage mich, ob ich eigentlich dankbar genug bin. Ich frage mich, wieviel ich eigentlich hinnehme, ohne mir klar darüber zu werden, wieviel er eigentlich für mich tut.

Ich meine, er tut *alles* für mich. Alles, was ich in diesem Tagebuch bisher beschrieben habe. Sogar das, was ich nicht beschrieben habe. Seit ich bei ihm wohne, kocht er für mich, für uns, was früher Mama getan hat. Und ich habe bisher noch nicht *einmal* daran gedacht, es vielleicht auch zu lernen! In solchen Momenten komme ich mir regelrecht schäbig vor, obwohl ich ihm zumindest fast immer helfe, ein Glück wenigstens das!

Ich weiß, was er darauf antworten würde. Er würde mich zärtlich anschauen und streicheln und sagen, was *ich* ihm alles schenke. Aber das kann ich nicht gelten lassen. Diesmal nicht. Ich *weiß*, dass ich mir mehr bewusst machen muss, was er alles für mich tut. Vielleicht hängt das mit dem Erwachsenwerden zusammen. Ich weiß, dass er gerne für mich kocht. Ich weiß auch, dass er sagen würde, ich soll erstmal studieren und so weiter. Aber das würde bedeuten, dass er noch *jahrelang* für mich kocht. Ich glaube, ich muss mehr Verantwortung übernehmen. Er hat doch auch anstrengende Tage. Und er macht es einfach, und ich habe ihn noch nie klagen hören. Ich habe ihn manchmal müde gesehen, aber dann lächelt er nur, mit dieser unsagbaren Liebe in den Augen – die, die ich immer wieder nicht fassen kann.

Ich habe beschlossen, ihm beim Kochen von nun an genau zuzuschauen, um es alles von ihm zu lernen! Ich werde es jetzt gleich tun!

Wir haben dann eben gegessen und dabei auch über die Zukunft gesprochen – ich habe ihn gefragt, warum es ‚Mensch' nicht als Beruf gibt. Er hat gelacht und gesagt, in jedem Beruf kann man *Mensch* zu sein versuchen. Dann aber hat er mich ernst angeschaut und gesagt, ich könne alles machen, was ich will. Er würde immer für mich sorgen, und ich könne alles, alles ausprobieren und tun, was auch immer es sei.
Ich war erschlagen und habe ihn, glaube ich, fassungslos angeschaut. Wieder tut er alles für mich! Ich hatte einen heißen Kloß im Hals und habe tief berührt weitergegessen...

Ich weiß nicht, was ich tun soll. Soll ich als liebes Mädchen durch die Kindergärten gehen und die Kinder davon abhalten, das Plastik zu mögen? Die Bildschirme? Soll ich durch die Schulen gehen und versuchen, den Kindern beizubringen, sich nicht zu prügeln, sondern sich für die Welt zu interessieren, um vielleicht irgendwann einmal Beuys zu verstehen und mit der Schechina leiden zu können? *Was soll ich tun?*
Soll ich durch die Straßen gehen, durch die Hotels, die Cafés, sogar die Christengemeinschaft, und den Menschen sagen: Achtet auf eure Gedanken. Verurteilt niemanden. Lasst die Dämonen nicht an euch herankommen. Denkt daran, dass der Christus *auch* niemanden verurteilt hat! Wieso dann ihr...
Was soll ich tun?

Ich möchte nicht, dass Wolf für mich sorgt und ich nichts tue. Aber ich kann mir auch keinen Beruf vorstellen, wo ich eingespannt bin in eine Struktur, die gerade kein sozialer Organismus ist, kein Kunstwerk, sondern das Gegenteil. Ein seniler Organismus an der Todeslinie, der fortwährend den Menschen tötet – auf dem Weg zum Raum ohne Seele...

Wenn ich aber nun *frei* wäre – wenn ich nichts Bestimmtes arbeiten müsste, in keiner Struktur, die mich zwingt, was würde ich dann tun? Wolf sagt, das Glück, mit mir zu leben, ist unbezahlbar. Wenn es also auf das Geld gar nicht ankäme? Wenn er ja unbedingt viel glücklicher ist, als wenn er allein leben würde – und ich ja nichts weiter tue, als mit ihm zu essen, sozusagen? Was würde ich tun? Was soll ich tun? Wann muss ich es wissen?

Seit ich die Schechina wieder erwähnte, geht sie mir nicht aus dem Kopf. Die Einwohnung Gottes...

Das ist doch mein Thema – die Unschuld. Das ist auch Wolfs Thema. Deswegen hat er sich in mich verliebt. Weil er etwas *gesehen* hat. Aber was? Er hat es mir tausendmal erklärt. Er hat meine Unschuld gesehen. Aber welche? Dass ich den Sonnenuntergang verstehe. Dass ich die Spatzen liebe, weil ich weiß, warum sie so süß sind – oder weil ich es empfinde. Tiefe. Keine Oberflächlichkeit. Tiefe. Könnte ich den Menschen Tiefe beibringen? Aber wie? Und bin ich überhaupt würdig genug? Muss ich nicht noch selbst so unendlich viel lernen? Natürlich muss ich das! Aber wie macht man das? Wie lernt man immer mehr Tiefe? Wie lernt man *Unschuld*? Wie lernt man, selbst eine Schechina zu werden? Manchmal denke ich, ich möchte genau das. Das *möchte* ich doch eigentlich! Leiden lernen. Wirklich leiden – damit ich der Welt helfen kann! Einfach nur helfen, ist keine Hilfe. Es gibt tausend Berufe, die helfen einfach nur – sie haben das Helfen zum Beruf gemacht. Und was ist die Folge? Sie fühlen immer weniger...
Man muss nicht das Helfen zum Beruf machen, sondern das Leiden. Das Helfen kommt dann von alleine, und dann wäre es erst *richtige* Hilfe. Erst muss man das Leiden lernen – so, dass es nie wieder verloren geht. Dann kommt die Liebe. Dann kommt das Helfen. Schechina...

O Gott, ich weiß nicht mehr, was ich rede. Aber trotzdem ist es wahr. Man muss das Leiden lernen!

Es gab einen Tag, da war mir alles zuviel. Ich war sechzehn. In der Schule hatte ich gleich mehrere dumme Bemerkungen zu verdauen. Mein Vater nutzte, obwohl wir wieder zusammengefunden hatten, jede kleine Gelegenheit, in der es mir scheinbar nicht gut ging, um wieder seine Zweifel oder seine Sicherheit, dass es eigentlich nicht gut war, sogar völlig falsch war, in meinen Kopf und mein Herz zu säen. Und mir ging es wirklich schlecht. Ich hatte Kopfschmerzen. Ich fing an, selbst zu zweifeln. Alles war mir zuviel, ich fühlte mich hundeelend, leer, am Ende meiner Kräfte. Und dann ging ich zu Wolf, trotzdem – natürlich.

Er sah sofort, wie es mir ging – auch natürlich. Ich sagte ihm nur einen Satz: ‚Wolf, ich möchte bitte nur in deinen Armen liegen, auf dem Sofa...' Er war natürlich bestürzt und fragte dennoch, was los sei, weil er mich so liebte. Aber ich schüttelte nur den Kopf und bat ihn mit den Augen. Da sagte er nichts mehr, nahm nur liebevoll meine Hand und führte mich ins Wohnzimmer. Dort legte ich mich in seinen Schoß, und er streichelte mein Haar. Einmal flüsterte er noch: ‚Wenn du reden willst, Naemi, kannst du jederzeit reden. Und wenn ich etwas tun kann, sag es mir bitte...' Ich flüsterte nur zurück: ‚Du tust schon alles... Alles, was ich brauche...'

Und dann streichelte er mich nur – nichts weiter. Wir schwiegen über eine Stunde lang. Es war das Schönste, was mir passieren konnte. Ich fühlte mich so geborgen... Ich kam so sehr wieder zu mir, ganz, ganz, ganz langsam. Ich blieb erschöpft. Und irgendwann schlief ich ein...

Als ich wieder aufwachte, war es schon fast dunkel. Und ich lag immer noch in seinem Schoß. Er streichelte mich kaum merklich – noch immer. Ich kann den Frieden nicht beschreiben. Obwohl ich mich noch immer so schwach fühlte, fühlte ich hier, in seinen Armen, meinen einzigen Rückzugsort, *den* Ort, wo ich wieder Kraft bekam. Ich verabschiedete mich fast ohne Worte, nur, dass ich ihm seine Sorge nahm. Und ich ging mit einer so unendlichen Dankbarkeit wieder nach Hause. Er schickte mir noch eine SMS hinterher. Ich nahm ihm in meiner Antwort auch noch die letzte Sorge. Dann legte ich mich zu Hause in mein eigenes Bett. Und am nächsten Morgen ging es mir wieder gut...

Ich weiß nicht, ob irgendjemand verstehen würde, was ich damit sagen wollte. Ich wollte damit sagen, dass ich so etwas Schönes kaum je erlebt habe. Ich meine, was er *tat*. Dass er *nichts* tat – dass er mich einfach nur verstand. Ich glaube, das ist das Allerschwierigste – zuzulassen, dass man *nicht helfen kann*. Dass man gerade und wirklich nur dann hilft, wenn man einfach, einfach, einfach nur *da* ist...
Auch darin war Wolf immer großartig. Ich kenne keinen anderen Menschen, der das auch nur annähernd so konnte und kann wie er. Was ist das für ein Geschenk. *Da* sein...

Das ist etwas sehr, sehr Wichtiges. Es gibt Momente, da nützt das größte Mitleid nichts. Ich wollte nicht, dass er mitleidet, nicht, dass er mitfühlt. Ich wollte nur, dass er fühlt, dass ich ihn einfach nur brauche – und dass er *nur* da sein soll, nichts weiter. Nur mich streicheln, nur mich liebhaben, aber so ganz, ganz ohne alles. Nur da sein und liebhaben...
Ist das nicht überhaupt das größte Mitleid und Mitgefühl? Kann man überhaupt je etwas anderes tun? Ist das nicht das Allergrößte? Wenn man eben nichts anderes tun kann? Aber das ist die Rettung schlechthin: Da sein und liebhaben...

Später dann – später kann man über alles reden. Und das haben wir auch getan. Er hat dann wirklich immer wieder gefragt und sich selbst bittere Vorwürfe gemacht, welcher Situation er mich aussetzt, und er hat alles getan, was dazu hätte führen müssen, dass ich zugegeben hätte, ihn nicht mehr wirklich zu lieben, wenn es so gewesen wäre. Er hat nicht geklagt, nicht gebettelt, er hat *sich* in Frage gestellt und sich gefragt, was er mir antut. Nicht um mir ein schlechtes Gewissen zu machen, sondern weil er es so *meinte*. Nicht aus bloßem Mitleid, sondern weil er längst alle Schuld auf sich nahm. – Aber darum ging es ja gar nicht. Ich schrieb oben, ich begann sogar selbst zu zweifeln. Aber das ist das Eine, was die Dämonen tun, das Andere ist, was man erlebt, wenn man dann bei *ihm* ist. Und wenn man spürt, wie gerade er der einzige Ort ist, an dem es einem gut geht, wieder besser geht, der einzige Ort, wo man sein will. Und wenn man spürt, wie sehr er einen liebt. Und trotzdem auf alles verzichten würde, gerade deshalb. In all diesen Momenten kann es nicht den kleinsten Zweifel geben – er ist längst in alle Winde zerstreut. Und man kann sich nur schämen und fragt sich, wo man mit seinem eigenen Herzen war, als man den Zweifel auch nur anfänglich zuließ. Das fragt man sich dann wirklich...

Ich kenne an Wolf nur dies – seine bedingungslose Liebe. Grenzenlos. Als er mich kennenlernte, hat er mir so deutlich wie nur möglich gesagt, mit Worten ausgedrückt, dass er mich grenzenlos liebt. Mit Worten – und ich habe es gesehen. Er konnte es nicht verbergen. *Es war so.* Er hat nie gesagt, dass er ohne mich nicht leben könnte – aber ich weiß es. Eigentlich hat er es gesagt. Er hat gesagt: Dann kann er eigentlich nur noch weiterleben und irgendwann sterben. Das bedeutet das Gleiche. Ein Leben ohne mich wäre für ihn *sinnlos*. Und ich wusste genau, was er meinte.
Aber das nicht zu Fassende ist, dass er mich gleichzeitig immer frei gelassen hat. Immer. Er hat nicht gesagt: Du musst mich lieben, ich sterbe sonst. Er hat auch nicht gesagt: Wenn ich sterbe, musst du damit leben. Er hat nur gesagt: Ich brauche dich. Ich kann ohne dich nicht leben. Aber ich will nur, dass du es weißt... Bitte entscheide frei...

Es wird mir keiner glauben, dass das ein Unterschied ist. Aber es ist nicht nur ein Unterschied, es ist der volle Gegensatz. Man *spürt*, ob jemand irgendeinen ‚Druck' macht, ein schlechtes Gewissen, oder ob er nur abgrundtief aufrichtig sagt, was er *empfindet* – was *er* empfindet! Und das war Wolf – und ist es jedes Mal wieder. Er sagt abgrundtief, was er empfindet und wie sehr er einen liebt. Aber er lässt einen auch abgrundtief frei. Und wer nicht versteht, wie beides möglich ist und sich sogar gegenseitig bedingt, der tut mir leid... Dies beides ist das Wunder seiner Liebe, die ich immer wieder nicht fassen kann. Der Abgrund seiner Liebe. Und der Abgrund seiner Freiheit – und beides schenkt er mir... Und *ich* könnte ohne beides *auch* nicht leben...

Wer je verstehen will, wie ein Mädchen einen älteren Mann lieben kann, der muss sich nur dies einmal fragen: Wie ist dies möglich? Und ich meine, ich darf gar nicht daran denken, wie oft wir uns schon geliebt haben – so unendlich zärtlich, so leidenschaftlich, beides! Wie ist das möglich? Wir kennen uns jetzt zwei Jahre und acht Monate. Bestimmt haben wir uns weit mehr als jeden zweiten Tag geliebt. Weit mehr! Mehr als fünfhundert Mal... Das kann man sich nicht vorstellen, weil es jedes Mal wieder einzigartig ist, das einzige Mal, das erste Mal... Aber wie, frage ich? Wie ist es möglich, dass ein Mädchen viele hundert Male mit einem Mann ins Bett geht, von dem die anderen es nicht einmal verstehen, dass es das *einmal* tut? Ich sage es euch: Weil es sich von ihm abgrundtief *geliebt* fühlt – und weil es weiß, dass es von ihm nicht einmal *berührt* werden würde, wenn es dies nicht selbst will. Gerade dies berührt sie – und gerade um dieses Wunders willen liebt sie *ihn*.

Er hat sozusagen immer gesagt: Ich liebe dich, aber du bist frei. Nicht ich bin frei, denn ich liebe dich – und meine Liebe bindet mich an dich. Ich kann mich nur hilflos in deine Hän-

de geben – und wenn du gnädig bist, gehst du mit meinem Gefühlen für dich gnädig um. Du brauchst sie nicht zu erwidern. Bitte *quäle* sie nur nicht...
Dieses Gefühl hatte ich! Das war es, was mich immer unsäglich gerührt hat. Es war die Umkehrung des Märchens. Der Wolf sagte zum Rotkäppchen: Bitte quäle mich nicht...

Wolf redet immer von meiner Hingabe – aber *seine* Hingabe sieht er gar nicht. Zumindest redet er nicht davon. Er gibt seine ganze Liebe hin. Er gibt seine ganze Freiheit hin und auf. Er gibt *mir* die ganze Freiheit. Alles bei ihm ist Hingabe. Er streichelt mich stundenlang. Er behält seine ganzen Sorgen soweit nur möglich für sich, er lässt mir das reine Schweigen, um das ich bitte. Er tut *alles* für mich. Reine Hingabe. Und er sagt immer: Du bist Geschenk genug, einfach, dass du da bist...

Als wir uns kennenlernten, als ich noch nicht wusste, dass ich ihn liebe, da sagte sein Blick, alles an ihm sagte immer wieder: Bitte bleib... Aber das war abgrundtief. Und doch so zurückgehalten. Aber abgrundtief als *Bitte*. Bitte bleib... Man kann dies nicht erklären. Das eigene Herz muss zum Abgrund werden, es abgrundtief fühlen. Dieses: Bitte bleib... Es geht wirklich bis in den Abgrund, bis ins Innerste des *eigenen* Herzens... Bitte bleib... Nicht umsonst ist dies mein Lieblingswort. Ich habe es *geliebt*, zu bleiben, bevor ich es verstand, dass ich es liebte, und lange, bevor ich verstand, dass ich begann, *ihn* zu lieben...
Man kann den Zauber dieses Wortes niemandem erklären. Es geht darum, dass alle Welt einem einredet, dass man nicht bleiben darf. Sogar die eigenen Gefühle, zunächst. Ein Mann spricht ein Mädchen an. Was soll man da denken? Er ist viel zu alt. Ich will nichts von ihm. Was will er von mir? Ich weiß, was er will. Alles will fliehen... Aber dann ist da dieses Andere. Dieses abgrundtief Andere. Das Herz sagt einem:

Dieser Mann ist gar nicht so – nicht, wie die Welt denkt, nicht, wie du denkst. Er ist merkwürdig anders. Etwas in dir fühlt sich bei ihm wohl. Und obwohl du doch fliehen willst, obwohl du noch gar nicht weißt, dass du dich bei ihm wohl fühlst, und fliehen willst, sagt er aus seinem Herzen heraus, vielleicht nicht einmal mit Worten, aber mit seinem Blick: Bitte bleib... Es ist reine Magie... Magie der Herzen. Bitte bleib...

Vielleicht ist das das Allerrührendste überhaupt – oder auch das einzig Rührende: Die eigentlich chancenlose Bitte. Denn er hatte keine Chance – und das wusste er auch. Aber er nutzte sie. Mit dieser hilflosen Geste, dieser hilflosen Bitte, diesem hilflosen Blick, dieser hilflosen Liebe. Er sagte: Ich sterbe ohne dich, nicht jetzt, aber irgendwann, und dann ohne Sinn, denn *dich* habe ich gesucht – niemand anderen.
Nun, wenn ein anderes Mädchen das gehört und gesehen hätte, es wäre weggelaufen und nie wiedergekommen. Es hätte mit seinen Freundinnen getuschelt und gekichert und diesen alten Mann verspottet. Nicht so ich. Ich *dachte* nicht einmal daran. Ich weiß nicht mal, wie das geht. Für mich gab es nur zwei Impulse: weglaufen und bleiben. Zuerst bin ich weggelaufen, danach bin ich geblieben. Dazwischen bin ich wiedergekommen. Und das alles spielte sich in meinem Herzen ab. Das Weglaufen hatte mehr mit dem Kopf zu tun. Das Bleiben einzig und ausschließlich nur noch mit dem Herzen. Und dann kam die Liebe...

Ich glaube, der Kopf ist ein schlimmes Monster. Oder ein sperrangelweites Scheunentor für die Dämonen. Aber der Spott? Woher kommt der Spott? Der sitzt doch eher im Herzen. Wie ist es möglich, wenn ein älterer Mann ein Mädchen bittet, zu bleiben, und man *sieht*, dass er einen liebt und dass er es ehrlich meint – dann über ihn zu spotten? Das ist doch die volle, die brutale Rücksichtslosigkeit! Da fehlt doch jedes

Mitgefühl. Ist es wirklich so, dass meine Altersgenossinnen so gefühllos sind? Kann das wirklich sein? Es muss wohl so sein – aber ich verstehe es nicht...
Man ist nur dann gefühllos, wenn man sich keine Gedanken macht. Aber – das würde ja heißen, dass der Kopf dem Herzen helfen muss, Gefühle zu haben, Mitgefühl, Mitleid. Es muss wohl so sein. Wenn die Herzen das Mitgefühl nicht mehr *von sich aus* haben – dann sollte man *nachdenken*, wie es einem anderen Menschen geht und wie man so gefühllos sein kann!
Entweder spricht im Herzen *sofort* das Gewissen – oder man sollte wenigstens nachträglich ein schlechtes Gewissen haben und anfangen nachzudenken! Aber wirkliches Mitgefühl braucht gar kein Gewissen, denn es ist ja bereits da, als Herzensgefühl. Und wo sitzt nun das Gewissen? Auch im Herzen oder im Kopf? Oder dazwischen? Ach, ich wünschte, meine Altersgenossinnen hätten zumindest ein Gewissen! Aber wer spottet, dem fehlt wohl sogar das...

Die Dämonen schleichen sich immer dort ein, wo das Herz nicht spricht. Das Herz ist der Schutz gegen die Dämonen. Denn sie wollen, dass der Andere einem nicht wichtig ist. Sie wollen, dass man nur an sich selbst denkt. Sie wollen, dass man hässlich wird. Sie wollen, dass *sie* den Ton angeben, mit ihren hässlichen Einflüsterungen.
Das Herz ist der Schutz gegen die Dämonen. Ich verstehe, warum Wolf die Unschuld so liebt.

Und das Wunderbare ist – man selbst liebt die Unschuld um so mehr, je mehr man sich um ihretwillen *geliebt* fühlt. Ich meine, ich liebe die Unschuld auch. Aber wie sehr fange ich an, mich nach der Unschuld zu sehnen und unschuldig werden zu wollen, wenn ich spüre, wie unendlich Wolf das liebt – und wie unendlich er mich liebt, weil er mich gerade für unendlich unschuldig hält! Ist *das* noch unschuldig? Die Unschuld gerade deshalb um so mehr zu lieben? Ich bin ja auch nicht unschuldig. Aber die Hauptsache ist doch, dass ich es werden will!

Und übt Wolf etwa damit irgendeinen Zwang aus, indem er mir sagt: Ich liebe nur die Unschuld? Keineswegs – denn das wusste ich ja von Anfang an. Er hat es mir ja gesagt. Er hat mir doch gesagt, warum er mich so unendlich liebt. Da hätte ich mich ja entscheiden können – und da *habe* ich mich doch entschieden! Ich habe von Anfang an *auch* die Unschuld geliebt – und seine Liebe. Es gab nie einen Widerspruch. Und es wäre unehrlich, jetzt einen aufzumachen, bloß weil man vielleicht keine Lust mehr hat, unschuldig zu sein. Dann wäre es die *eigene* Schuld! Wolf war immer ehrlich – und er kann nichts dafür. Wie könnte man die Unschuld *nicht* lieben?

Eigentlich liebt *jeder* die Unschuld – aber die wenigsten wollen unschuldig sein. Jeder Mann liebt das Mädchen, wenn es unschuldig ist. Natürlich nicht die, die tuscheln und spotten und gefühllos sind und nur noch an sich denken. Aber die anderen. Also gerade deswegen – für das, was nur sie noch haben. Ich verstehe sehr gut, was Wolf meint und was die Männer lieben. Aber ich verstehe auch sehr gut, dass die meisten Männer gar nicht wissen, *was* sie lieben. Und dann geht es plötzlich doch wieder nur um das Eine. Und die Männer haben völlig vergessen, dass sie etwas ganz anders lieben. Aber statt um die Zärtlichkeit und um die Unschuld geht es dann auf einmal nur noch um Sex und um Pornos. Um die absolute Schuld, die absolut verlorene Unschuld...

Was für ein Gegensatz! Was für ein Chaos in der Welt. Was für ein Unverständnis dessen, was man *eigentlich* liebt. Sex und Pornos *kann* man nicht lieben. Man kann nur Lust danach haben – aber Lust und Liebe sind Gegensätze. Lieben kann man nur den *Anderen*. Lust hat man immer *selbst*. Wenn ein Mann also mit einem Mädchen nur Sex haben will, wenn es nur *darum* geht, weil das Mädchen eben schön jung und wegen seines Jungseins auch besonders schön ist, dann geht es nur um die Lust des Mannes, er denkt nur an sich. Das Mädchen ist Objekt – Objekt seiner Lust. Aber wenn der Mann das Mädchen liebt, von Herzen, aufrichtig, mit seiner Seele, dann ist das Mädchen Subjekt – und der Mann Objekt, nämlich Opfer seiner eigenen Liebe. Er kann nicht mehr anders, als dem Mädchen sein Herz zu schenken, das Mädchen hat es ihm schon gestohlen. Wenn der Mann das Mädchen liebt, kann er ihm nie etwas tun. Er kann an seiner Sehnsucht leiden – aber er könnte das Mädchen nie anrühren. Das ist Liebe! Dann kann er sich trotzdem nach dem Körper des Mädchens sehnen, es ist *trotzdem* Liebe. Er verzichtet ja auf jede Lust, er quält sich ja sogar selbst, weil er Sehnsucht hat. Aber Sehnsucht ist das Gegenteil von Lust. Er tastet das Mädchen nicht an, und *das* ist Liebe – weil er nur an sie denkt, nicht an sich. Und dann kommt dieses Unvorstellbare, dieses Unbeschreibliche, diese Magie: Bitte bleib...

Und das Mädchen spürt, dass es Liebe ist, und nicht nur Liebe, sondern unvorstellbare Liebe, grenzenlose Liebe – und grenzenlose Freiheit. Bitte bleib... Und eigentlich entscheidet sich in einem einzigen Moment alles. Das Mädchen kann noch wochenlang glauben, dass es einfach nur bleibt – aber der Keim der Liebe ist längst gepflanzt, und kein Orkan kann ihn mehr herausreißen. Nur noch die Dämonen. Aber wenn das Herz des Mädchens rein genug ist, dann können selbst sie es nicht mehr...

Was für ein Wunder!

Liebe ist beim Mann das völlige Sich-Neigen in absoluter Hilflosigkeit – und diese Hilflosigkeit durchschlägt im Herzen des Mädchens sämtliche Mauern, die es sowieso nicht hat...

Nach den Sommerferien wollte ein Junge aus meiner Klasse etwas von mir. Er wusste, dass ich mit Wolf zusammen bin, aber er hat es trotzdem versucht. Ich glaube, er dachte wirklich, dass er es schafft. Er tat so sicher, er versuchte es mit dieser ‚Anmache', diesem Coolen, Überlegenen. Er versuchte zu flirten. Konnte er sich nicht denken, dass ich auf all das nicht reagiere, weil ich es nicht einmal *mag*? Ich verstehe das nicht – wie sich die anderen Mädchen auf solche Spielchen einlassen. Wie ihnen das gefällt! Sie tun alle so selbständig – und dann spielen sie diese Spielchen, in denen die Jungs die Coolen sind, weil sie gar nichts anderes können, als cool tun. Was finden die Mädchen daran gut? Na gut, ich kann es verstehen. Es ist ja *schön*, wenn man sich sagen kann, dass der Junge stark ist, dass er einen beschützen kann und so was. Aber muss er das ausdrücken, indem er cool tut? Dann *tut* er doch nur so. Er tut stark, indem er überlegen tut – und macht so eigentlich alles wieder kaputt...

Es ist interessant, dass Wolf das Gegenteil tat – immer. Er hat mich so sehr geliebt und so wenig damit gerechnet, mich zu ‚bekommen', dass er sich immer *untergeordnet* hat. Das habe ich gestern beschrieben. Er war diesem Jungen meilenweit und haushoch überlegen. Dieser Junge war wie ein Welpe, und Wolf war ein Wolf, aber er hat sich auf den Rücken gelegt und mir seine Kehle dargeboten – und gesagt: Das bin ich für dich... Ich liebe dich so sehr. Bitte bleib...
Was für ein weltweiter Unterschied zu dieser dummen Anmache! Wolf hat mich so unendlich ernst genommen. Dieser Junge denkt, er bekommt mich, wenn er mich wie ein Püppchen behandelt! Bei Wolf *will* ich ein Mädchen sein – bei diesem Jungen verstehe ich auf einmal die Emanzipation. Und die anderen Mädchen fangen auf einmal bei *solchen* Jungen an, das Mädchen-Spiel zu spielen. Ich fasse es nicht!

Ja, und als er dann merkte, dass er mich nicht bekommen kann, wurde er schließlich ärgerlich – und allein das beweist ja schon, dass er mich nicht wirklich liebte. Und was hat er dann gesagt? Er sagte, mein Freund sei ja wohl so etwas wie ein ‚Vaterersatz'! Er sagte es *verächtlich* – so als müsste er mich hassen, weil er mich nicht bekam... Ich werde solche Gefühle nie verstehen. Was ist das dann? Ich war wirklich schockiert. Ich wollte ihm ja nichts Böses. Und auf einmal steckte ein ganzer Scharm Pfeile in meiner Brust... Wieso tat er das? Weil er selbst verletzt war? Aber wegen was? Weil er mich nicht bekam? Aber wie kann er das glauben? Wie kann er das *erwarten*? Ich kann nicht verstehen, wo auf einmal der *Hass* herkommt. Ich meine, wie kann *Liebe* in Hass umschlagen? Das geht doch gar nicht... Liebt er sich so sehr nur selbst – und bin ich nur eine Trophäe, die er nicht bekommen hat? Wenn ich daran denke, an die Situation damals, bin ich noch immer schockiert. Was wie Liebe aussah, wird zu Verachtung, zu Worten voller Gift... Und danach hat er mich auch tatsächlich nicht mehr beachtet, überhaupt nicht mehr beachtet. Also wirklich Ver-achtung...

Aber das Wort war heraus. ‚Vaterersatz'. Ich habe Wolf gefragt, was das sein soll. Und er hat es mir erklärt. Vaterersatz! Darüber habe ich dann viel nachgedacht. Was auch immer. Es ist alles immer nur ein Wort – wieder eine neue Schublade. Eine neue Chance, etwas nicht gut zu finden und jemanden zu verachten. Was soll das? Wenn man keine andere Begründung hat, warum man es verurteilen soll, sagt man dann auf einmal ‚Vaterersatz'. Weil *er* mich nicht bekommen hat, suche ich angeblich nur einen Vaterersatz!
Wolf sagte lächelnd: Die zu hoch hängenden Trauben schmecken angeblich sauer... Ich musste lachen, aber ich verstand es überhaupt nicht – und er erklärte es mir. Eine ganz alte Fabel von Äsop! Den Menschen wird offenbar sehr vieles sehr schnell sauer. Warum müssen sie alles schlecht machen,

was gar nicht schlecht *ist*? Weil sie nicht wollen, dass jemand einfach nur glücklich ist? Ich tue doch niemandem etwas. Ich habe auch dem Jungen nichts getan. Ich habe nur gesagt, wie es ist. Und dafür hat er mich dann gehasst – für meine Liebe, die nicht *ihm* galt. Dafür, dass ich nicht *sein* Mädchen war. *Dafür* hat er mich dann gehasst! Das ist einfach unvorstellbar für mich. Es tut innerlich sehr weh, dass die Welt so ist...

Aber Vaterersatz? Was soll das? Ich habe an Wolf *nie* als einen Vater gedacht. Wolf war ganz, ganz anders. Und ich habe mich in ihn verliebt. *So* habe ich ihn immer gesehen, nicht anders. Was heißt dann überhaupt Vaterersatz? Weil mein Vater mich nicht gestreichelt hat? Und *wenn* er mich gestreichelt hätte? Dann hätte man doch erst recht gesagt: Jetzt ist Wolf der Vaterersatz. Ich verstehe die Logik darin nicht. Die Logik scheint zu sein: Wenn ein Mädchen einen älteren Mann liebt, ist es *immer* ihr Vaterersatz. Na toll! Und für die Männer ist ein jüngeres Mädchen dann wohl immer ihr Tochterersatz? Ich glaube, das sind alles Ersatzgedanken für etwas, was man nicht begreifen kann. Ersatz für die eigene Faulheit, die *Wahrheit* zu verstehen.

Das einzig Richtige ist, dass ich mir wirklich nicht vorstellen kann, diese Jungen zu lieben, die so alt sind wie ich. Sie sind *alle* zu unreif. Kann sein, dass ich erst seit Wolf so ‚verwöhnt' bin. Aber das glaube ich nicht. Ich war schon immer eine Einzelgängerin – und die anderen haben nie so viel nachgedacht wie ich. Deswegen *wollte* ich ja so sehr auf diese erste Party – um dazuzugehören. Damals verstand ich noch nicht, dass ich nicht dazugehörte. Später habe ich es dann verstanden, vor allem gerade durch Wolf. Er hat es mir bewiesen – noch bevor ich ihn liebte. Es war das Erste, was er mir bewiesen hat – denn das war es, was *er* liebte. Dass ich so anders war...

Wenn ich mir heute die ‚erwachsen' gewordenen Jungen anschaue, dann fangen manche gerade an, reif zu werden, andere sind noch völlig ... na ja. Ich glaube, ältere Jungen, die so dreiundzwanzig oder so sind, könnten mich theoretisch schon anziehen, sogar durch ihre Überlegenheit – um so mehr, je weniger sie sie *betonen*. Sie wären dann auch äußerlich attraktiv, so mit Muskeln, mit Brustkorb und so. Leuchtende, flirtende, überredende Augen und so was, lässiges, ruhiges Lächeln. Das kann einen schon ansprechen. Ich stehe also, wenn überhaupt, auf Jungen, die wirklich schon Männer sind. Aber – es ist trotzdem nur theoretisch. In Wirklichkeit wären mir auch *diese* Jungen zu unreif.
Ich *will* überhaupt mit niemand anderem zusammen sein als mit Wolf. Auch nicht mit anderen älteren Männern. Sondern mit ihm.

Wolf ist kein Vaterersatz. Wolf ist Wolf – er ist *der* Wolf. Ich habe ihn schon mehrmals mit einem Wolf verglichen. Und auch das ist er wirklich. Es passt so unglaublich gut. Dieser alte Wolf – den niemand herausfordern kann, weil er jedem überlegen ist. Er ist schon alt, aber noch immer unangefochten. Auch er ist dieser absolute einsame Einzelgänger. Und dieser wunderbare, unglaublich schöne, ruhige, friedliche, kraftvolle, aber schon älter werdende Wolf – legt sich vor *meine* Füße und bittet mit seiner einsamen Stimme, die nur für *mich* liebevoll wird: bitte bleib...
Er legt sich gar nicht, er steht vor mir in seiner ganzen einsamen Schönheit, aber man *spürt*, dass er sich legen würde, dass seine Bitte gerade bedeutet: Alle Welt denkt, ich könnte dir etwas tun, aber das könnte ich nie, selbst wenn ich wollte. Aber ohne deine Nähe würde mein Wolf-Dasein von diesem Moment an sinnlos werden, ich wäre nicht mehr derselbe, der ich war, dich suchend, in allen Wäldern dieser Erde... Du siehst mich jetzt. Aber von jetzt an liegt mein Leben in deiner Hand. Und obwohl ich der mächtige Wolf bin, der nie von

Rivalen herausgefordert wurde, weil sie es nicht wagten, stehe ich nun vor dir ganz ohnmächtig, nicht wissend, ob dir meine Existenz überhaupt ein einziges kleines bisschen bedeutet. Und doch weiß ich: Ich bin durch all die endlosen Wälder nur für *ein* Ziel gewandert, habe alle Prüfungen und Gefahren nur um einer Hoffnung willen durchgestanden. Jetzt sehe ich, was es war... Und jetzt ist meine Kraft und meine Macht am Ende... Ich sehe, dass du nie einen Wolf gesucht hast. Und ich verstehe das. Aber ich habe mein ganzes Leben lang *dich* gesucht... Würdest du dich abwenden, so würden diese Läufe, die vor keinem Feind oder Rivalen je versagten, vor einem sich verlierenden Sinn, vor namenlosem Schmerz einknicken. Ich würde dir nachschauen und nicht wissen, warum ich wieder aufstehen sollte. Wenn du gehen musst, dann geh – ich kann dich niemals halten. Aber wenn du meine letzten Worte hören magst, so bitte ich dich mit meinem ganzen Wolfsherzen, das du vielleicht sogar verachtest: *Bitte bleib...*

O Gott – mir kommen *jedes Mal* wieder die Tränen, wenn ich daran denke...

Das kann niemand verstehen. Niemand, niemand, niemand. Niemand, der daraus ein anderes Wort macht. *Das* – das, was ich mit Wolf erlebt habe, das war absolut einzigartig. Es gibt dafür kein Wort. Oder die Engel müssten es erfinden – denn sie haben das alles überhaupt nur möglich gemacht. Es hat *weder* mit meinem Vater *noch* mit ,Ersatz' irgendetwas zu tun. Es geht um eine einzige Tatsache: Darum, dass ich erkannte, dass ich diesen Wolf *liebe*. Darum, dass ich nur ein Einziges tun konnte: *bleiben*. Natürlich bleiben!

Und ich sage es hier nochmal: Niemand kann so zärtlich sein wie Wolf! Es ist einfach ausgeschlossen. Ich weiß es. Es hängt mit seinem ganzen Wesen zusammen. Manche haben dann so komische Ausdrücke. ‚Softie' ist so einer. Aber gerade das ist Wolf *nicht*. Die Leute verstehen einfach nie, was man meint. Zärtlichkeit allein würde niemals ausreichen, um Wolf zu beschreiben. Es ist Zärtlichkeit *und* tiefste Achtung. Und *das* ist es, was es so einzigartig macht – weil es außer Wolf nicht einen Menschen gibt, der das auch könnte, täte, der so wäre. Und diese Achtung, diese unbeschreibliche Achtung, ist nicht die von einem ‚Softie', es ist seine – und er ist viel mehr ein ‚weiser Mann', aber am besten passt dieser unglaublich schöne Name, den ich inzwischen so über alles liebe: Wolf. Wolf ist wirklich ein Wolf – und dieser Wolf hat so unglaublich tiefe Achtung, die zugleich allertiefste Liebe ist. Und das erkläre man mal einem! Es kann niemand verstehen, der es nicht erlebt hat.

Sonst könnte ich doch nie von einem Märchenreich sprechen! Das muss man doch mal ernst nehmen! Und ein Mädchen liebt doch keinen ‚Softie'! Vielleicht schon, aber ich nicht. Aber ich liebe diese unendliche Zärtlichkeit! Aber sie kommt von einem alten, weisen, starken Wolf... Und nur mit einem so einzigartigen Wolf kann es zugleich auch diese unbeschreibliche, ebenso zärtliche Erotik geben...
Vaterersatz! Dass ich nicht lache...

Die Frage, die mich viel mehr beschäftigt, ist die Magie. Wie kommt es zum Beispiel, dass die allerstärkste Magie sogar da wirkt, wo man noch gar nicht *weiß*, dass man verliebt ist? Weil man da nicht mal seinen eigenen Zustand versteht? Es muss wohl so sein. Aber warum ist die Magie dann so stark? Wenn man *weiß*, dass man verliebt ist, müsste es doch genauso schön sein? Ist es, weil von da an sofort die Gewöhnung droht? Dieser Dämon?
Das muss es wohl sein. Der Dämon bedroht die Liebe, sobald sie das Licht der Welt erblickt. Nein, nicht das Licht der Welt, aber das Licht des *Wissens* – dass man sich bewusst ist,

dass man verliebt ist. Je weniger man es weiß, desto mehr Magie ist da... Das ist doch seltsam... Das Nicht-Wissen beschützt die Magie... Die Magie besteht gerade in der absoluten Verwirrung, eine absolut süße, verwirrende Verwirrung... Man ist verliebt und ist völlig verwirrt, denn alles ist Magie... Man ist in einem Märchenreich und weiß gar nicht, wie man da hineingekommen ist, man ist nur so unaussprechlich glücklich – und die Magie umschwirrt einen wie wild.

Das ist *so seltsam*! Es *muss* mit Novalis zu tun haben. Es ist, wie wenn ... man schon nicht mehr ganz verliebt wäre, sobald man es überhaupt weiß. Das Verliebtsein hört schon auf in dem Moment, wo es anfängt! Es ist nur da *voll* da, wo es scheinbar noch überhaupt nicht da ist, denn man weiß es ja noch gar nicht!
Die Verliebten turteln schon auf ihrer eigenen Beerdigung... Hat man deshalb dieses merkwürdige Gefühl, wenn man manchmal verliebte Pärchen sieht? Weil man weiß: es dauert nicht lange, dann werden sie sich nicht mehr so verliebt ansehen – es ist alles eine große, große Illusion, was sie jetzt meinen, für immer zu haben... Sie tun so, als wäre es für immer. Sie tun so, als könnten sie es festhalten. Und vielleicht haben sie schon mit anderen auch so getan. Sie tun so, weil man es am Anfang eben ‚so macht'...
Manche sind wirklich verliebt. Andere *können* es gar nicht mehr. Sie wissen gar nicht, was das ist. Sie spielen dieses Junge-Mädchen-Spiel und *meinen*, sie wären verliebt. Und vielleicht sind das die Reste. Aber das ist es, was manchmal so albern wirkt. So bloß körperlich auch. Ich meine, was liebt man denn *noch*? Das wäre doch die Frage. Liebt man einen Jungen bloß, weil er gut *aussieht*? Oder weswegen noch?
Und wie schnell geht das Verliebtsein wieder weg... Wann? Man kann ja fast auf die Uhr gucken, die Tage zählen – oder nicht?

Es ist doch klar. Alles, was man immer wieder macht, wird irgendwann langweilig – oder zumindest gewohnt. Dann ist es aber nicht mehr besonders. Es ist nur dann besonders, wenn es *anfängt*. Das ist also alles völlig klar. Die Gewöhnung ist unvermeidlich. Wissen das alle, oder weiß das keiner? Eigentlich müssten es doch alle wissen. Aber alle Verliebten tun so, als wäre es bei ihnen nicht so, würde nie so sein, nur bei allen anderen wahrscheinlich.

Die Gewöhnung ist ein Dämon, der unvermeidlich in den heiligen Tempel der Liebe einbrechen will. Oder man kann auch sagen: die heilige Kammer... Er will unvermeidlich einbrechen, und er *wird* es unvermeidlich, wenn man sich nicht wehren kann. Dafür muss man aber ein Magier werden, man muss die Magie kennen, man muss eine *Hüterin* der Magie werden... Aber wer kennt heute schon noch die Magie? Alle erleben sie am Anfang, wie ansatzweise auch immer – aber keiner weiß, wie sie behütet werden könnte. Denn wer interessiert sich heute noch für Magie? Das ‚gibt' es doch gar nicht mehr! Nur im Film. Ja, ‚Harry Potter' guckt man – aber selbst zaubern will man nicht...

Warum ist man so arrogant? Warum will man davon gar nichts wissen? Denn ich glaube wirklich, man *will* es nicht. Denn wenn man es wollte, müsste man mit ganzem Herzen die Romantik lieben. Aber das heißt ja heute ‚Kitsch', und keiner traut sich ehrlich, zu sagen, dass er ‚Kitsch' vielleicht doch mag. Es ist ein Unwort. Feiglinge aber mag die Romantik *auch* nicht – dann wendet sie sich auch ab. Alle sagen, Romantik sei etwas für ‚Mädchen' – und nicht einmal die Mädchen wollen mehr solche Mädchen sein, die romantisch sind. Man hat solche *Angst* vor der Romantik – oder vor dem Urteil der anderen darüber –, dass man gar nicht mehr romantisch sein *kann*. Man hat es sogar verlernt!

Dabei ist Romantik nichts anderes als Novalis. Oder als pure Magie. Guckt ihr ruhig eure Filme. Ich *bin* Magierin, ich *bin* die Hüterin der Magie. Ich kämpfe gegen die Dämonen – und ich besiege sie, denn ich höre nicht auf, grenzenlos zu lieben. Und winselnd fallen die Dämonen nieder, weil sie nicht über die Grenze können, die ich mit meiner Hand auf den Boden und in die Lüfte schreibe, und diese Grenze heißt wieder: Liebe. Das Reich der Magie ist so weit, wie die Liebe reicht. Ist die Liebe grenzenlos, ist auch das Märchenreich erst an den fernsten Enden der Welt zu Ende. Und bis dahin gehört alles der Liebe...

Warum sollte ich mich je daran gewöhnen, wenn Wolf mich zärtlich in die Arme nimmt. Wenn er beginnt, mich zärtlich zu küssen... Ich frage mich: wie *könnte* ich mich je daran gewöhnen? Ich kann es gar nicht! Wenn er damit beginnt, bin ich schon längst wieder in diesem Reich – und nichts ist größer als meine Sehnsucht, diese Zärtlichkeit zu *erwidern*. Und dann ist wirklich alles vorbei, dann kann ich nicht einmal mehr damit *aufhören*...

Die Magie *besteht* in dem Wunder der Zärtlichkeit. Und dieses Wunder besteht darin, dass die Zärtlichkeit jedes Mal magisch die unglaubliche Sehnsucht nach dem Anderen erweckt... Aber das hat mit der Liebe zu tun. Und diese Liebe muss immer da sein – immer. Wenn man sich in die Augen schaut. Wenn man zusammen ist. Wenn man nicht zusammen ist. Wenn man die Nähe des Anderen fühlt. Wenn man seine Nähe schmerzlich vermisst.
Die Liebe ist wie ein warmes Feuer, das nie ausgeht, weil es gar nicht ausgehen *kann*. Und es kann nicht ausgehen, weil man es nicht ausgehen *lässt*. Und nur deswegen passiert dann auch das andere: dass, wenn dann die Zärtlichkeit kommt, diese Liebe und diese Sehnsucht lichterloh aufflackert... Das tut ein Feuer *immer*, wenn es Nahrung bekommt. Man muss

seine Liebe selbst behüten. Die zarte, reine Zärtlichkeit des Anderen behütet und nährt es erst recht so unglaublich. Und die zärtliche Erotik, die schon mit einem bestimmten Kuss beginnt, eigentlich mit *jedem* Kuss, lässt das Feuer zu einer Flamme werden, zu einer Flamme, die überhaupt nicht ausgehen kann. Die flammt und flammt, bis die beiden Flammen *eine* Flamme geworden sind...

Was für ein unglaubliches, heiliges, unendlich kostbares Wunder ist diese Liebe! So unglaublich... Ich glaube, ich habe es noch nie so tief verstanden wie jetzt...

Aber *wie* gehen die anderen damit um! Auch das ist so unglaublich, so regelrecht furchtbar. Und wirklich: ganz wirklich auch zum *Fürchten*.

Da sind wirklich die Dämonen. Wenn die Liebe zur bloßen Lust wird. Wenn die Zärtlichkeit zum bloßen Sex wird. Zur Sucht nach Sex. Zur Lust an Pornos! Ich darf gar nicht daran denken. Das ist *so* abscheulich, grauenhaft. Nicht, weil es an sich schon eklig ist, das auch, aber weil es ein Verbrechen an der Liebe selbst ist! Ein Mord, ein regelrechter Mord. Die Liebe wird gemordet – und das ist wirklich *schwarze* Magie.

Wie kann man die Liebe so wenig verstehen? Wie kann man sich so wenig nach ihr sehnen? Und nach der Zärtlichkeit? Wie kann man daran vorbeileben? Wie kann man *ihre* Magie nicht erleben? Wie kommt es, dass so viele Menschen Sex haben – aber die Zärtlichkeit nicht kennen? Und wie kommt es, dass es immer mehr werden? Wolf sagte mal, schon unter den Jugendlichen schaut ein Drittel bis die Hälfte regelmäßig Pornos! Wie kann das nur sein? Das ist für mich einfach ganz un-fass-bar! Ich verstehe es nicht. Ich verstehe die Herzen nicht, die Seelen, die Körper – nichts davon verstehe ich! Wie kann das sein?

Und dann versteht man nicht, dass ich *Wolf* liebe? Ihn, den ich nun schon seit zweieinhalb Jahren in gleicher Heiligkeit und Leidenschaft liebe, mich hingebend, in fassungslosem Staunen *seine* Liebe hinnehmend, in heiliger Macht gegenüber den Dämonen, die keinerlei Chance haben, auch nur in unsere Nähe zu kommen, weil wir *beide* wissen, was die Zauberkraft ist, die die Magie behütet. Wir sind Magier – aber das bedeutet nicht, dass wir über die Magie *verfügen*. Sie verfügt über *uns* – und gerade das ist Magie. Dass man sich ihr nur hingeben kann. Und dass *sie* kommt...

Ich verstehe nicht, wieso wir die Einzigen sein können. Dass alle Leute höchstens böse Blicke haben, aber nicht verstehen, was das *Heilige* ist. Es muss doch etwas Heiliges sein, wenn man in tiefster Zärtlichkeit einander liebt – und wenn man hunderte und hunderte Male miteinander schläft, ohne dass der Zauber je nachlässt? Kann denn niemand sehen, dass dann die Liebe *selbst* heilig sein muss – und dass es hier um eine heilige Liebe geht? Sie ist heilig, weil sie *wahr* ist. Niemand hat mich je so geliebt wie Wolf. Und niemanden habe ich je so geliebt wie ihn. Vielleicht hat *überhaupt* noch nie jemand so geliebt wie wir beide...

Wer kann je lieben, wenn er die Magie nicht kennt – und wenn er nicht ein Hüter der Magie sein kann?

Das Wunderschöne bei Wolf ist, dass man sich bei ihm immer geborgen fühlt. Natürlich besteht der Altersunterschied, aber ich liebe ihn gerade! Soll ich mir das ausreden lassen? Etwa von den Mädchen, die gar nicht wissen, was für Spiele *sie* spielen? Die gar nicht verstehen, dass es wunderbar sein kann, sich so geborgen zu fühlen? So verstanden? So geliebt? Wie es nie ein Jüngerer könnte? Ich denke, als Frau möchte man sich *immer* anlehnen. Das ist auch bei den anderen Frauen so. Außer bei denen, die ‚auf eigenen Beinen stehen wollen'. Aber der Mann ist doch immer der Stärkere – warum soll man sich nicht anlehnen wollen dürfen? Ist das nicht gerade das, was niemand so kann wie er? Einen in die Arme nehmen – und man versinkt in seinem wunderbaren Schutz und seiner Zärtlichkeit? *Besteht* die Liebe zwischen Mann und Frau nicht gerade daraus? Warum sollte eine Frau sonst mit einem Mann zusammen sein, wenn sie *das* nicht sucht? Und warum sollte es ein Mann, wenn er nicht gerade das andere sucht? Eine Frau in den Arm nehmen zu dürfen...

Ja, ich gebe es zu – als ich begann, Wolf zu lieben, mit fünfzehneinhalb, da gehörte es mit zu der Magie, dass er erwachsen war und ich noch nicht. Aber nicht etwa, weil es verboten war, sondern – wie soll ich es erklären? Vielleicht war es sogar umgekehrt. Ich *verstand* nicht, warum alle mich daran hindern wollten, und sei es nur durch ihre Blicke. Es war etwas Besonderes. Ich habe versucht, es all die vorherigen Seiten über zu beschreiben. Das, was ich an Wolf erlebte, habe ich nur *einmal* in meinem ganzen Leben erlebt. Maßlose Liebe und maßlose Hingabe – Hingabe an mich, die ich nur ein Mädchen war. Und zugleich Ruhe, Weisheit, Stärke, eine unbeschreibliche Geborgenheit. Muss man das beschreiben, muss man das begründen? Kann das niemand verstehen? Und all dies war unbeschreiblich stark.

Ich möchte an dieser Stelle mal ganz klar sagen, dass es auch zwischen einem Mann und einem Mädchen eine unglaubliche Erotik geben kann. Und das ist *nicht* die Erotik, von der alle sprechen. Es ist die Erotik, die Wolf mich verstehen half – die Erotik, die *Anziehung* bedeutet. Nicht Lust, sondern Anziehung.

Als ich erst einmal aufhörte, vor ihm wegzulaufen, weil alle Welt mich nur gelehrt hatte, an das *Andere* zu denken, wenn ein Mann ein Mädchen anspricht – als ich wirklich tief berührt war von dem *Vertrauen*, was ich ihm gegenüber haben konnte, und als ich dann ohne all diese Lügen seine *Liebe* spüren konnte, seine verzweifelte, zarte, grenzenlose Liebe, verbunden mit tiefster Achtung und, wie ich sagte, Hilflosigkeit, zugleich diese Ruhe, Weisheit, Stärke, da verliebte auch ich mich grenzenlos...

Vielleicht kann das überhaupt nur ein Mädchen. Ich meine, ich kenne die anderen Verliebten ja nicht, aber ich frage sie alle: wer kennt die Magie? Manchmal glaube ich sogar, es gehören überhaupt Männer und Mädchen zusammen – aber jetzt schließe ich natürlich von mir auf andere, das geht also vielleicht zu weit. Dennoch – es ist unbeschreiblich.

Ein Mädchen ist *so* vertrauensvoll! Ein Mädchen ist reine Hingabe – ich habe es an mir erlebt. Aber gerade *das* macht die Magie aus! Und noch etwas. Nämlich gerade das Vorher-weggelaufen-sein. Oder doch das Verbotene, Verurteilte. Oder beides. Aber wenn das Herz das alles nicht berücksichtigt, wenn es radikal, wie mit fliegenden Fahnen, sich entscheidet... Liebe!

Dabei ist es viel zarter. Unendlich war am Anfang nur das verletzliche *Vertrauen*. Man weiß ja nicht, was passiert, wenn man beginnt, seine Liebe zu schenken. Ein Mädchen weiß das nicht. Es kann nur eines: sein Vertrauen gleich mitschenken... Vertrauen, dass sein Geschenk nicht verletzt wird... Aber was schenkt es denn? Es schenkt sich selbst...

So habe ich es wirklich empfunden. Ich lief ja weg, als er mich fragte, ob er mich einmal in den Arm nehmen dürfe. Und davor hatten wir so ein wundervolles Gespräch gehabt. Aus heutiger Sicht kann ich nur sagen: Er *musste* glauben, dass er es dürfen würde, denn ich hatte mich nie wohler gefühlt. Er musste glauben, dass ich nie Angst vor ihm haben würde – und dass ich mich in seinen Armen wohl fühlen würde, und seine eigene Liebe war ja so grenzenlos. Er *musste* mich fragen, ich weiß es... Und ich lief weg! Ich verstand es nicht. Ich war noch nicht bereit. Ich lebte noch in den Gedanken der übrigen Welt.

Und dann schrieb er mir diese einzigartige SMS, und ich hörte dieses Lied. Und in der Nacht entschied sich alles, denn ich träumte von ihm – und ich lag in seinen Armen, und noch viel mehr... Die schlafende Naemi hatte sich längst entschieden! Aber wach ist man dann wieder nur ein Mädchen, und ein Mädchen hat Angst. Es hat Angst, weil seine Liebe das Kostbarste ist, was es hat – und also unendlich verletzlich. Und trotzdem gibt es sie, trotzdem schenkt es sie – ich kann es nicht fassen, wie verletzlich dieser Moment ist! Dieser *eine* Moment, wo dann so unglaublich verletzlich *ich* ihn bat, mich in den Arm zu nehmen... Aber da hatte ich schon diese Sehnsucht. Und – es war unbeschreiblich. Wie wenn ein unendlich zärtlicher Damm brach... Zwischen uns. O, mein Gott! Wenn ich daran denke, bekomme ich noch immer eine Gänsehaut. Das ist Liebe! Das ist Hingabe. Das ist die Liebe eines Mädchens – wenn sie sich ganz schenkt, einem Mann...

Was will ich also sagen? Es gibt nichts Vergleichliches, will ich sagen. Mit der Liebe zwischen einem Mädchen und einem Mann ist nichts zu vergleichen. Ich sehe nichts, weit und breit nicht. Ich meine, wenn ein Mädchen nicht *will*, ist das etwas anderes. Aber wenn es *will* – und wenn der Mann so unglaublich zärtlich ist wie Wolf –, dann gibt es überhaupt *nie* etwas Vergleichbares.

Und all das hat nichts mit ‚Vaterersatz' zu tun, sondern *nur* mit der Hingabe eines Mädchens. Diese ist einzigartig – und die Liebe eines Mannes zu einem Mädchen auch. Man muss es nur erst einmal verstehen. Wie schön das ist. Schön ist gar kein Ausdruck. Ich habe es schon gesagt. Magie...

Ich kann es nur so sagen: Wenn ein Mädchen sich *einmal* entschieden hat, zu lieben, dann kann nichts und niemand es mehr davon abbringen. Keine Dämonen, keine Eltern, keine Freunde, die ganze Welt nicht. Das Mädchen hat die Magie auf seiner Seite – und die Magie liebt das Mädchen um seiner Hingabe willen. Ich kann es nicht anders sagen. So muss es sein!

Und das ist die Magie zwischen einem Mädchen und einem Mann – aber der Mann muss sein wie Wolf, sonst wirkt es nicht *so* unglaublich stark.

Hingabe ist das Schönste auf der Welt. *Sich* zu schenken, wirklich mit allem, was man hat – das ist das Schönste... Und sich *dann* geliebt zu fühlen – ebenso grenzenlos. Aber das Grenzenlose kann auch sehr, sehr zart sein. Überhaupt geht es um die Zärtlichkeit. Zärtlich *sich* schenken... Das ist die Liebe eines Mädchens... Und die Liebe des Mannes: dieses Geschenk mit unendlicher Zärtlichkeit zu *beantworten*. Und mit unendlicher Geborgenheit...

Wie kann bei diesem heiligen Geheimnis die Welt noch immer so aussehen, wie sie aussieht? Ich verstehe es nicht. Wieso wollen die Frauen sich emanzipieren, und wieso wollen die Männer nicht zärtlich sein? Wieso geht alles in die falsche Richtung?

Eigentlich müssten die Männer zärtlich werden und die Frauen zärtlich *bleiben*. – Wieder dieses Wort! Wie sehr kommt es heute eigentlich auf das Bleiben an... Zärtlich bleiben. Nicht immer härter werden. Nicht immer *erwachsener* werden! Die Erwachsenen sind hartherzig, Männer wie Frauen. Und dann kennen sie das Geheimnis der Zärtlichkeit nicht mehr. Nicht mehr die Hingabe. Nicht mehr die wirkliche Liebe. Nicht mehr die Magie – die schon gar nicht! Warum kennt Wolf dies alles? Warum kennt er die Zärtlichkeit? Weil er an sich gearbeitet hat. Weil er sein ganzes Leben lang die Dämonen vertrieben hat. Und weil er als einsamer Wolf sein Leben lang ein Mädchen gesucht hat. Und die Unschuld geliebt. Und das Mädchen dann selbst auch unschuldig geliebt... Dass er sie *so sehr* liebte, dass er sie streicheln wollte, mit ihr schlafen wollte, das ändert nicht das Geringste an seiner Unschuld. Er wäre lieber gestorben, als sie zu berühren, wenn sie es nicht gewollt hätte... Warum kennt Wolf die Zärtlichkeit? Durch seine Liebe zu dem Mädchen... Dem Mädchen, das er zwanzig Jahre lang erst suchen musste *und doch schon da geliebt hat.*

Wie können Erwachsene untereinander zärtlich sein? Sie müssen es wirklich wollen! Ein Mädchen will automatisch zärtlich sein. Es will *nichts anderes*! Und ein Mann will mit einem Mädchen auch nur zärtlich sein, nichts anderes – ich meine, niemals grob. Jedenfalls ein Mann wie Wolf. Es gibt auch andere Männer...

Und jetzt? Wo ich achtzehn bin? Wo ich *merke*, dass ich immer erwachsener werde? Etwas geht da verloren. Aber was? Werde ich irgendwann studieren, fertig sein mit Studieren, einen Beruf haben? Werde ich, wenn ich Wolf sehe, weil er nach Hause kommt oder ich nach Hause komme, ihm einen schnellen Kuss auf den Mund oder sogar nur auf die Wange drücken, und mich dann ans Kochen machen? Ich meine, was *passiert*, wenn man erwachsen wird? Wie ändert sich dann das Verhältnis zueinander? Was bedeutet das für die Liebe? Für die Zärtlichkeit? Für die Hingabe? Für die Unschuld? Was bedeutet es?

Die Hingabe und die Leidenschaftlichkeit bleibt – aber nur, wenn man es will. Wenn man sie hütet. Die Leidenschaftlichkeit wird sogar stärker. Als ich fünfzehneinhalb war, war alles *so* unglaublich unschuldig! Obwohl es auch da schon unglaublich erotisch sein konnte... Ein Stück Unschuld verliert man definitiv, wenn man erwachsen wird, älter, so wie ich jetzt. Aber dafür ist das Erotische einfach zu schön... Und doch ist die Erotik *noch immer* unschuldig – denn sie bleibt Liebe, wirkliche Liebe. Und das ist die Grenze. Das soll immer so bleiben. Und wie behält man das? Man muss den Anderen immer zutiefst lieben, auch leidenschaftlich. Es darf nicht dazu kommen, dass die Dämonen der Gewöhnung in den heiligen Bereich der gemeinsamen Liebe einbrechen. Und dazu braucht man heilige Waffen, heiligen Schutz, heilige Magie. Und diese Kräfte heißen: Zärtlichkeit, Leidenschaftlichkeit, Romantik. Zärtliche und leidenschaftliche Romantik!

Es darf nichts Schöneres geben, als sich einander in die Augen zu schauen, als in seinen Armen zu liegen, als sich nach einem Kuss zu sehnen, als miteinander duschen zu wollen, als den Weg zum Bett vor süßer Sehnsucht fast zu weit zu finden...

Aber dazu gehört unbedingt eine leidenschaftliche, tiefe Hingabe! Ohne die Hingabe ist das alles nicht mehr da – wo soll es denn herkommen? Liebe *ist* also Hingabe. Und wenn ich jemanden wirklich liebe, *möchte* ich mich doch auch hingeben, *so* zutiefst gerne!

Aber bleibt das so, wenn man Jahre und Jahre zusammenlebt, wenn man erwachsen ist, einen Beruf hat, ‚auf eigenen Beinen steht' – oder denkt man dann nur noch: ‚Ach, ich muss ja noch kochen.' Und ist einem dann alles zu viel, nichts Besonderes, so wie meinem Vater das Handy-Formular? Wird *das* auch aus der Liebe zwischen Mann und Frau?

Das muss ja wohl nicht so sein. Aber dafür muss man sich wirklich lieben. Aber man kann sich auch ‚nur' lieben – und die Leidenschaftlichkeit, die Romantik, die tiefe Zärtlichkeit ist trotzdem verschwunden. Wie behält man *das*? Es geht nicht von selbst! Ein Mädchen kann das von selbst. Aber so bleibt es nicht. Je selbständiger man wird, desto schwieriger wird es. Weil man vielleicht gar keine *Lust* mehr auf Hingabe hat! – Und jetzt kommen die Dämonen. Das sind sie schon! Lust! Seit wann geht es um Lust? Oder um ‚keine Lust'? Wenn in der Liebe das ‚keine Lust' anfängt, ist sie schon am Sterben. Das ist ja schon so, wenn man überhaupt entdeckt hat, dass man verliebt ist. Da stirbt sie schon. Und dann hat man irgendwann ‚keine Lust' mehr zur Hingabe. Arme, arme Liebe – da stirbt sie dahin...

Man hat keine Lust mehr... ‚Immer diese Hingabe – ich will es einfach nicht mehr'. ‚Ich will jetzt mein eigenes Leben leben. Ein bisschen Zärtlichkeit ist ja ganz schön. Aber man muss es doch nicht übertreiben! Und schon gar nicht *ständig*!' Ja? Denkt man dann so? Wird man dann so? Wird man langsam, allmählich, ganz schleichend *unfähig* zur Hingabe? Weil man un-willig wird? Stirbt die Liebe, weil man lieber auf eigenen Beinen stehen zu wollen beginnt, als zu *lieben*? Was bleibt von der Liebe auf eigenen Beinen? Die Emanzipation? Die Selbstständigkeit? Und was hat man davon, wenn man nicht mehr liebt? Kommen dann die Seitensprünge? Wo man aber *auch* nicht mehr liebt, weil man ja selbstständig ist? Was ist das Geheimnis der Hingabe...

Ich *will* die Hingabe gar nicht verlernen! Und ich werde es auch nicht. Heute besteht die ‚Selbstständigkeit' ja schon darin, dass man cool und selbstständig auf seinem Handy rumtippt und seinen eigenen Musikgeschmack hat, seine eigene Lieblingsserie, seine Sonderwünsche, was man im Fernsehen gucken will. Und dann kann man sich schon *darüber* streiten! Sind vielleicht romantischste Beziehungen schon dadurch kaputtgegangen, dass man sich nicht auf eine Serie einigen konnte?

Was ist los mit den Liebespaaren? Gibt es heute noch welche? Auch welche ohne diese furchtbare ‚Selbständigkeit'? Wo jeder tausend Vorstellungen hat, wie *er* es gerne hätte? Diese Selbstständigkeit scheint mir ein anderer Dämon zu sein. Einer der flüstert: ‚Du musst selbständig sein...!' Und: ‚Du musst zu allem eine eigene Meinung haben! Und du musst das, worauf *du* Lust hast, verteidigen! Überhaupt, hörst du, die Lust ist *ganz* wichtig! Du musst immer auf irgendwas Lust haben – und es muss deine spezielle Lust sein, je spezieller, desto selbstständiger bist du... Und du musst anderen deine Meinung aufzwingen, denn wenn du darauf verzichten musst, verlierst du deine Selbstständigkeit...'

Der Dämon der ‚Selbstständigkeit' arbeitet mit *Lust*. Man muss Lust auf etwas haben – und wenn der Andere auf etwas anderes Lust hat, dann muss die Liebe einen Knacks bekommen, einen ordentlichen Knacks. So arbeitet der Dämon. Jeder muss ganz viele Lüste, Vorlieben, Wünsche haben – dann ist es wie im Lotto. Sie werden sich irgendwann unterscheiden müssen. Und darauf wartet der Dämon. Je selbstständiger, desto sicherer kommt die Stelle, wo es *bricht*. Wo das eigene Interesse, die eigene Lust, einem unbedingt wichtiger ist als der Andere. Denn man muss ja selbstständig bleiben!

Nein! Man muss bei dem Anderen bleiben – mit seinem ganzen Herzen. Bei dem über alles geliebten Anderen. Wie *belanglos* sind alle diese ‚Selbstständigkeiten', die nur darin bestehen, dass man eine Vorliebe hat, von der aber alles abzuhängen scheint – denn wenn der Andere was anderes mag, liebt er mich ja schon nicht mehr, nicht wahr? Nein, wenn *ich* nur auf meine völlig bedeutungslosen Vorlieben achte, dann liebe *ich* den Anderen überhaupt nicht! Das ist genauso egoistisch wie der Junge, der mich verachtete, bloß weil er mich nicht bekam. So will jeder noch seinen kleinsten Wunsch bekommen, sonst wird er wütend, weil er ‚nicht geliebt' wird, weil er nicht im Mittelpunkt steht mit seiner ganzen egoistischen Selbstständigkeit! Ich verstehe diese Welt nicht... Nicht die Selbstständigkeit ist wichtig, denn wer würde damit je glücklich werden? Sondern die *Liebe*. Die Liebe aber besteht aus *Hingabe*. Jede egoistische Lust und Vorliebe ist der Tod der Liebe. Wann wird man das denn verstehen? Das sagt doch schon das Wort: Die Vorliebe bekommt den Vorrang vor der Liebe... Da, wo der Dämon die Vorlieben ins Herz impft, da kann das Herz nicht mehr *wahr* lieben... Das Herz liebt nur da, wo es keine Vorlieben hat – denn dann kann es immer beim Anderen sein, und es möchte gar nichts anderes!

Die einzige Vorliebe kann doch nur sein, immer bei dem Anderen sein zu wollen... Sich nach ihm zu sehnen... Nicht einmal auf den *Gedanken* zu kommen, sich wegen einer Kleinigkeit zu streiten. Nicht einmal streiten, sondern einfach überhaupt keine Vorlieben zu entwickeln!
Das bedeutet nicht, dass man leer wäre, im Gegenteil. Die Vorlieben bedeuten das Belanglose. Sie sind gerade das Oberflächliche. Eine Seele ohne Vorlieben kann eine heilige Tiefe haben... Und Sehnsucht ist etwas anderes als Vorlieben. Sehnsucht nach Frieden, nach Schönheit, Liebe zur Natur. All das sind keine Vorlieben! Und darüber würde man auch nie streiten – man streitet nur über das Oberflächliche...

Es ist auch etwas Anderes, als ich mehr brauchte als nur die Natur – obwohl ich die Natur so unglaublich liebe, mehr als jeder Andere! Da habe ich mit Wolf nicht darüber gestritten, dass ich etwas anderes brauche. Wir haben überhaupt noch *nie* gestritten! Sondern ich *brauchte* etwas anderes – und er hat es sofort verstanden. Wenn man jemanden liebt, sieht man doch sofort, wenn er etwas *braucht* – und würde doch alles tun, damit er es bekommt? Und umgekehrt kannte mein Glück keine Grenzen, als Wolf mich verstand und all diese anderen Dinge mit mir machte – und ich wieder in seligem Glück auch in die Natur eintauchen konnte, mit ihm... Mir hatte nur etwas *gefehlt*!

Es geht nicht um Vorlieben. Es geht um die Seele. Die Seele braucht etwas ganz anderes als Vorlieben. Sie braucht Tiefe. Tiefe Hingabe an das, was wirklich wichtig ist. An das wirklich Schöne. Die Natur... Die Kunst... Es geht nicht nur um Schönheit. Die Seele kann ohne Natur nicht *leben* – und ohne Kunst oder etwas anderes auch nicht. Aber wer spürt das heute noch? An der *Oberfläche* kann die Seele sehr gut ohne all das leben – aber lebt sie dann noch?

Ich verstehe so sehr, was Wolf mit Unschuld meint! Die Seele kann eigentlich nur in der *Unschuld* wirklich leben. Wenn sie die Unschuld verlässt, dann wird sie ... zu etwas anderem. Sie wird eigentlich ein Hort der Dämonen. Dämonen, die ihr Gift in die Seele träufeln lassen, damit sie sich immer mehr selbst vergisst. ‚Selbstständig...', flüstern sie fortwährend, und die Seele wird brav immer selbstständiger und immer oberflächlicher. Und sie verliert alles, was sie hatte... Ihre ganze *Unschuld* – die ihr Leben war.

Das ist mein Bekenntnis zur Wahrheit der Seele. Es geht nicht um Emanzipation. Es geht um die Rettung vor dem Tod der Seele. Nicht die Emanzipation ist notwendig, nicht die Selbstständigkeit, nicht möglichst viele Vorlieben und ‚persönliche Interessen', sondern zu merken, dass für die Seele nur *eines* wichtig ist, wenn sie sich selbst nicht verlieren will: Unschuld, aufrichtige Unschuld. Eine Liebe zu ihrem eigenen Leben, eine Liebe zur Tiefe – und eine Sehnsucht danach. Da beginnt das Heilige. Die unschuldige Seele empfindet es...

Die Seele lebt, wenn sie sich von der rührenden Unschuld der lieben Spatzen bis zu Tränen erschüttern lässt – das habe ich jetzt unglaublich tief begriffen. Und sie lebt *nicht*, wenn sie sich in sinnlose, belanglose Vorlieben verliert. Dann ist sie ganz an der Oberfläche angekommen, aber ihr Leben ist gerade in der Tiefe! Ihr Leben ist eigentlich in der Hingabe – und die Hingabe ist nur in der Unschuld. Das ist der Zusammenhang...

Ihr könnt mich steinigen, weil ich die Emanzipation ,verrate'. Aber ihr steinigt mich ja sowieso schon mit euren Blicken. Jetzt, wo ich erwachsen bin, ist es auf einmal wieder etwas normaler, aber trotzdem steinigt ihr mich noch immer mit eurem unsichtbaren Kopfschütteln. Dabei verratet *ihr* die Seele, und ich kann nicht einmal den Kopf schütteln, weil ich das nicht *kann*, ich verstehe das nicht. Ich kann nur traurig zusehen. Wie es normal sein kann, die Seele zu verraten. Nicht einmal mehr zu verstehen, was ihr Heiligtum ist. Es nicht einmal mehr zu verstehen – geschweige denn, es zu lieben. Die Unschuld zu lieben...

Vorhin habe ich geschrieben: Was bleibt von der Liebe auf eigenen Beinen? Nichts – denn der Liebe dienen die Beine nur dazu, zum Anderen zu laufen, weil man nirgendwo anders hin will! Wenn man auf eigenen Beinen stehen will, sind einem die eigenen Vorlieben lieber als der Andere – das muss man sich mal eingestehen! Es muss völlig anders sein. Niemand steht so sehr auf eigenen Beinen wie Wolf. Aber dieser Wolf ist zwanzig Jahre lang auf seinen Beinen herumgelaufen, wirklich selbstständiger als jeder, jeder andere, und dann kam er zu dem Mädchen, das er all diese Zeit gesucht hat, und was taten seine Beine? Sie hörten auf zu laufen! Sie konnten nicht mehr laufen, sie *wollten* nicht mehr laufen! Und der liebe, alte, starke, weise Wolf – was tat er dann, als seine Beine nicht mehr laufen wollten, weil sie *gefunden* hatten? Er bat das Mädchen, *auch* nicht wegzulaufen. Er bat es, zu *bleiben*. Für die Liebe muss man nicht auf eigenen Beinen stehen. Die eigenen Beine braucht man nur, um zueinander zu finden und zu kommen. Und dann braucht man sie nur noch, um beieinander zu *bleiben*. Von da an gehen die Wege ganz gemeinsam. Keine persönlichen Vorlieben mit Bruchstellen für die Liebe. Sondern *ein* Weg – ein gemeinsamer Weg. Der Wolf und das Mädchen...

Das heißt nicht, dass ich keinen Beruf haben werde. Ich werde wohl oder übel eine Frau werden müssen. Dann habe ich einen Beruf. Dann stehe ich auf eigenen Beinen. Ich werde Menschen helfen. Ich werde ihnen die Liebe beibringen. Ich werde sie die Schönheit dieser Welt lehren. Aber wenn ich damit fertig bin, für diesen Tag, dann werden meine Beine zu *ihm* eilen, zu ihm, den ich liebe, und dort werden sie ihr Eigensein aufgeben, ich werde mich zärtlich ihm hingeben, ihm, den ich liebe. Und für diese Liebe muss man nicht auf eigenen Beinen stehen. Man möchte mit dem Geliebten liegen...

Die Hingabe steht überhaupt *nie* auf eigenen Beinen! Selbst wenn sich die Geliebten küssen, steht das Mädchen nur deshalb auf eigenen Beinen, um auf Zehenspitzen zärtlich die Lippen des Geliebten zu erreichen... Und wenn sie sich umarmen, stehen sie beide nur halb auf eigenen Beinen, stehen längst gemeinsam nicht auf vier Beinen, sondern auf etwas ganz anderem, sind längst im Heiligtum des *nicht Getrenn-*

ten... Ich kann nur aus Erfahrung sagen: Das liebende, das küssende, das umarmende Mädchen steht *nie* auf eigenen Beinen, höchstens halb oder sogar noch viel weniger. Der Mann muss auf eigenen Beinen stehen – das Mädchen darf es gar nicht, sonst ist es kein Kuss...

Die Liebe besteht in der Hingabe – auch für den Mann. Seine Hingabe ist es, die Zärtlichkeit des Mädchens zärtlich *anzunehmen* und zärtlich zu *erwidern*. Nicht etwa geschmeichelt oder cool oder was auch immer, sondern mit *seiner* Hingabe. Die auch in der Stärke liegt, in der Ruhe, in dem Schenken von Geborgenheit. Das alles gibt der *Mann* hin. Und seine Zärtlichkeit dazu. Wieviel das ist! Das Mädchen braucht nur seine Hingabe, unschuldige Hingabe, und der Mann ist glücklich. Aber der Mann braucht wesentlich mehr, damit das Mädchen glücklich ist – und welch ein Wunder, wenn so ein Mann wie Wolf kommt *und das alles hat*!

Ist es dann noch Unschuld, erst mit so viel glücklich zu sein? Wenn ich daran denke, werde ich fast verlegen – und doch sagt mir mein Herz, dass es nicht falsch ist. Und ich weiß auch warum. Weil erst all das – die Weisheit, die Stärke, die Ruhe, die Liebe des Mannes – dem Mädchen die Möglichkeit gibt, Mädchen zu sein und ... Mädchen zu *bleiben*. Wo sollte sich das Mädchen sonst anlehnen, wenn nicht an die ruhige, weise Stärke des Mannes? Wie sollte das Mädchen sich in aller Unschuld hingeben, wenn der Mann diese grenzenlose Hingabe gar nicht ... wert wäre? Das Mädchen kann sich nur so unendlich hingeben, wenn es grenzenlos liebt. Dann muss der Mann es zutiefst berührt haben...

Ein Mädchen könnte seine Hingabe *jedem* schenken, wenn es liebt. Aber seine Liebe ist auch etwas Heiliges. Auch ein Mädchen hat etwas unendlich Heiliges zu verschenken. Überhaupt ist es mit fünfzehneinhalb eigentlich noch viel zu jung dafür. Normalerweise versteht man da dies alles noch überhaupt nicht – aber normalerweise ist es heute auch alles schon verloren, wenn man so alt ist. Man kommt überhaupt *nie* in das Alter, wo man dies alles versteht! Wer weiß noch, dass die Liebe heilig ist? Dass ein Mädchen etwas unendlich Heiliges zu verschenken hat? *Sich...?*

Ich wusste nicht, dass meine Liebe heilig ist. Aber ich habe sie ihm mit heiligem Zittern geschenkt ... und kam in ein Märchenreich. Und bis ich soweit war, dass ich ihm mein Heiligstes schenkte, da empfand mein Herz längst, wie sehr er mir *sein* Heiligstes schenkte – seine unfassbare Liebe, sein ganzes Wesen. O ja, obwohl mein Mädchenherz noch gar nichts davon begriff, spürte es doch, wie unendlich viel dieser ruhige, starke Wolf hinschenkte, in jeder Sekunde, einen Strom heiliger Liebe – sein ganzes Leben, weil seine Beine den Dienst versagten, nachdem er mich getroffen hatte... Und wie sehr er mich verstand, wie sehr er mich umhüllte, wie viel er mir beibrachte, was ich sonst nirgendwo fand! Das alles fühlte mein Herz – und wachte schließlich auf, spürte schließlich die ganze Sehnsucht, auch in seinen *Armen* zu liegen...

Die Welt urteilt über einen ‚alten Mann' – und mein Kopf urteilte auch erst so, und mein Herz war in Verwirrung, erst recht, als er mich fragte, ob er mich einmal in die Arme nehmen dürfe. Ich wusste nichts! Ich war so dumm bis dahin. Dabei spürte mein Herz schon die ganze Zeit den geradezu umwerfenden Strom seiner Liebe, den ganzen Reichtum – der mich zugleich so unendlich unberührt ließ, von ihm aus, und gerade *das* berührte mich so, und doch begriff ich diesen Reichtum nicht. Ich erlebte ihn, aber ich begriff ihn nicht. Ich begriff ihn wohl sogar – aber nichts Äußerliches drängte mich zur Liebe. Alles Äußerliche hinderte mich sogar, einschließlich der Meinungen der äußeren Welt. Und so begriff ich noch nicht einmal, wie glücklich ich war – und was das heißen müsste. Ich begriff nicht mal, dass ich mich längst schon verliebte, verliebt hatte! Noch immer lief ich weg! Aber ich will damit nur sagen: Wolf schenkte mir unendlich viel. Und zugleich überließ sein Äußeres, sein Alter, ganz *mir* die Entscheidung, was *ich* ihm schenken würde. Aber als ich mich einmal entschieden *hatte* – oder mein Herz schon vor mir –, da konnte meine Hingabe nur noch grenzenlos sein, weil ich von ihm selbst längst Unendliches bekam...

Es ist nicht egoistisch, sich bei einem so einzigartigen Menschen *so* geborgen und so glücklich und so verstanden und so geliebt zu fühlen, dass man mit seiner ganzen, ganzen Hingabe darauf antwortet...

Der Wolf und das Mädchen...

Als ich siebzehn war und endlich zu Wolf ziehen durfte, sagte mein Vater: ‚Du wirst deine Illusionen nun sicher schneller loswerden, als du gucken kannst.' Ich fragte ihn, warum, und er sagte: ‚Weil es etwas anderes ist, mit jemandem zusammenzuwohnen, zusammenzuleben.' Aber genau das wollte ich ja! Ich fragte weiter, und er sagte: ‚Weil nicht jeder immer gutgelaunt ist. Weil man sich aneinander gewöhnt. Und weil dein Wolf sicher auch einige Angewohnheiten hat, die du jetzt zur Genüge kennenlernen wirst.' Ich fragte, was für Angewohnheiten, und er sagte: ‚Angewohnheiten, die man eben erst dann bemerkt, wenn man jemanden näher kennt.'

Es kann sich ja nur um schlechte Angewohnheiten handeln. Oder um welche, die man nicht mag. Die einen nach einiger Zeit nerven. Mein Vater war fest davon überzeugt. Aber er hat sich geirrt. Vollständig...

Wolf *hat* keine schlechten Angewohnheiten. Er hat auch keine, die ich nicht mag. Eher frage ich mich, ob er überhaupt welche hat. Welche haben denn andere? In der Tat fallen mir die Angewohnheiten der *Anderen* viel stärker auf, wenn ich sie mit Wolf vergleiche. Nehmen wir zum Beispiel meinen Vater. Er rülpst manchmal beim Essen und findet das scheinbar normal. Mich hat es schon als Kind geekelt – und es ekelt mich schon, es überhaupt aufzuschreiben. Mein Vater kommt morgens nur in Unterhose ins Bad und überhaupt durch die Wohnung. Wolf macht so was nicht. Ich habe ihn schon früher einmal vorsichtig danach gefragt – ob er sich vor mir schämt. Er sagte nein, aber das sei auch Novalis... Entweder der nackte Leib sei normal – oder heilig... Es ging ihm um eine tiefe Haltung heiliger Romantik. Er erklärte das wunderschön – ich kann es hier gar nicht. Aber dazu später mehr.

Und das ist es gerade, was ich bei ihm erlebe. Er tut nichts ‚einfach so‘. Ich meine, nichts Bequemes. Er lässt sich bei nichts ‚einfach gehen‘ – so sagt man es doch, glaube ich. Wolf ist das *Gegenteil* davon. Er läuft nicht in der Unterhose durch die Wohnung. Er legt nicht die Füße auf den Tisch, aber er fläzt sich auch nicht in das Sofa. Er ist in allem so, wie ich ihn kennenlernte. So *ist* er. So bleibt er... Er lässt Dinge nicht irgendwo liegen. Er meckert nicht an Kleinigkeiten rum – aber man ist *selbst* unglaublich sorgfältig, wenn man bei ihm ist, und wäre es ganz sicher auch, wenn man gar nichts weiter wüsste. Nicht, weil man sich gezwungen fühlen würde, sondern – ja, warum eigentlich? Weil man sich *sanft* gezwungen fühlen würde, aber man würde es bei ihm auf einmal selbst wollen... Das ist auch eine Art Magie. Wolf hat so unglaublich gute Eigenschaften, dass man es nicht schlechter machen möchte als er – aber das meine ich ganz konkret. Man würde sich schämen...

Wolf trinkt nicht, Wolf raucht nicht. Er trinkt auch keinen Kaffee am Morgen – und auch sonst nur, wenn es etwas Besonderes bleibt. Er macht nicht einfach den Fernseher an, eigentlich gar nicht. Keine Filme einfach so. Nur wenige gute – die er schon kennt und mir zeigen will.
Er bleibt am Wochenende nicht lange im Bett – höchstens, um mich anzusehen, mir beim Aufwachen zuzusehen, während er schon hellwach ist und mich voller Liebe anschaut. Obwohl er im Bett ist, *wach*. Er *gönnt* sich nichts – so könnte man es sagen. Er macht nichts, was einfach bequem ist. Man könnte sagen, seine einzige Angewohnheit ist, *keine* Angewohnheiten zu haben – keine zuzulassen.
Er ist auch so unglaublich ordentlich und sorgfältig. Er bringt den Müll nicht erst runter, wenn er schon fast auseinanderfällt. Er wäscht nicht erst ab, wenn der Abwasch voll ist. Er wäscht nicht einmal erst ab, wenn die Essensreste schon an-

kleben, sondern immer sofort nach dem Essen. Er liebt die Ordnung, aber mehr noch das *Sorgfältige* – gegenüber allem.

Einmal, als wir im Park auf der Bank saßen – ich glaube, ich war gerade erst sechzehn geworden –, sprach er einmal mit mir über die *Sprache*. Es war eine junge Mutter mit einem Kind vorbeigegangen, und das Kind hatte etwas gesagt, was nicht ganz richtig war – es hatte irgendwelche Endungen verschluckt. Und Wolf sagte ungefähr: ‚Das ist so schade, Naemi... Wenn nicht mehr gefühlt wird, wie heilig auch die *Sprache* ist. Man spricht heute einfach nur noch so vor sich hin. Aber die Sprache verdient es auch, geheiligt zu werden. Und sie wird es, wenn man sie bis in die einzelnen Buchstaben und Silben hinein liebt – und wenn es einem wehtut, wenn sie einfach verschluckt werden. Wenn man die Fälle nicht einmal mehr unterscheiden kann. Wenn es alles beliebig wird. Liebe zur Sprache. Das geht ganz verloren. Und das ist so unglaublich traurig...'
Damals verstand ich das noch überhaupt nicht. Aber – ich fühlte es bereits. Die Art, wie er sprach, wie er es erklärte, ließ einen *fühlen*, was er meinte. Auch wenn man es noch nicht verstehen konnte. Aber das brauchte man auch nicht – denn man fühlte es bereits. Das reichte, das war ein Anfang...

So ist Wolf in allem. Er ist unendlich sorgfältig. Man hat das Gefühl, er heiligt irgendwie *alles* – er macht nichts ‚mal eben so'. Was er macht, das richtig. *Das* ist seine Gewohnheit. Aber diese Gewohnheit ist selbst etwas Heiliges. Denn sie nimmt die Dinge ernst. Nach und nach wurde mir das klar – und auch, dass das zu den Dingen gehörte, die ich an Wolf so bewunderte. Vielleicht war *dies* sogar seine umfassende Eigenschaft. Sein unglaublicher Ernst in allem, seine Sorgfalt, seine Genauigkeit, seine Liebe zu allem Einzelnen, was er tat. Liebe im Sinne von Sorgfalt, Achtung. Man achtet doch den Tisch, wenn man selbst drei kleine Krümel nach dem Essen mit der Hand in die andere Hand streicht und in die Spüle fallen lässt – nicht etwa auf den Boden wischt, nicht etwa liegen lässt? Andere würden das ,penibel' nennen – aber nur, weil sie Wolf nicht kennen, und vor allem, weil *sie* selbst zu faul dazu sind.

Später fragte mein Vater mich noch einmal danach – und ich sagte ihm, dass er sich auf der ganzen Linie geirrt hatte. Mein Vater wollte es nicht glauben, und ich musste es ihm erklären. Schließlich sagte er: ,Aber dann macht er dir doch was vor – oder ihr euch. Nie wirklich man selbst sein, das kann man natürlich auch... Sich immer nur von der besten Seite zeigen. Auf die Dauer unglaublich anstrengend und auch unehrlich. So können sich auch zwei Schaufensterpuppen begegnen. Oder die Hochglanzstars. Ist er dein Hochglanzstar?' Das fand ich böse. Das habe ich ihm auch gesagt – und es ihm noch einmal erklärt. Aber er wollte es nicht verstehen...

Mein Vater konnte es nicht verstehen, weil *er voller* Angewohnheiten ist! Für ihn wäre wirkliche Romantik viel zu *anstrengend*. Und auch wirkliche Sorgfalt. Ihm kommt das alles wie Zwang vor. Aber wenn es gar kein Zwang ist? Wenn man es gerade möchte? Wenn man sich zwingen müsste, schmuddelig und unromantisch zu sein? Für meinen Vater ist das dann unehrlich, ,Kulisse'. Aber für Wolf ist es *wahr*. Für ihn *geht* es im Leben gerade darum, ordentlich zu sein, sorgfältig, liebevoll, auch gegenüber den Dingen, romantisch gegenüber mir...
Ja, er zeigt sich von seiner besten Seite. Aber er *hat* gar keine andere! Er hat wie ein Wolf darum gekämpft, nie eine bequeme Seite zu entwickeln. Und das ist kein Zwang, es ist eine *Lebensweise.*

Was mich aber am allermeisten – nicht berührt, eher unglaublich ehrt, und so doch wieder unglaublich berührt, das ist, dass ich manchmal fast das Gefühl habe: Das ist alles für mich. Es gehört so sehr zu seinem Wesen, aber irgendwie ist es auch alles *für mich.* Und wenn ich daran denke, dass er mich sein ganzes Leben lang gesucht hat, passt das beides vielleicht auch zusammen... Ich kann jedenfalls nicht sehen, dass ich da ‚hineingezwungen' werde, oder dass ich jetzt eben auch da bin, an seiner Seite, sondern ich fühle immer wieder, wie wenn es alles für mich wäre – ich weiß nicht, wie ich es beschreiben soll. Man könnte es glaube ich nur selbst erleben. Jedenfalls ist Wolf der unglaublichste Mensch, den ich kenne. Ein Mensch, der nicht einmal auf den *Gedanken* käme, es sich einmal zu bequem zu machen...

Mir kommt gerade der verrückte Gedanke, dass es daher auch kommt, dass er es sich auch *in Gedanken* niemals bequem macht. Aber so verrückt ist das gar nicht. Wahrscheinlich ist es sein Grundsatz, es sich nie bequem zu machen. Deswegen denkt er genauso genau und sorgfältig, wie er auch handelt. Und wenn man die Sorgfalt liebt, warum sollte es im Nachdenken anders sein? Bestimmt ist er nur deshalb so weise. Er denkt einfach viel genauer als alle anderen. Auch ist er nie ungerecht. Sogar meinen Vater hat er in Schutz genommen, als dieser ihn gehasst und mit schlimmen Worten bezeichnet hat... Wolf hätte das volle Recht gehabt, meinen Vater auch nicht zu mögen – aber selbst darin macht er es sich nicht bequem!

Er macht es sich auch nicht bequem, mich anzufassen. Auch das macht er zu keiner Gewohnheit. All dies bleibt für ihn heiliges Märchenreich – wie für mich. Es bleibt dies *für uns.* Er kann mich noch so oft berühren – er tut es in einer bestimmten Weise, und dadurch bleibt es immer dieses Heilige...

Er liebt es, mir beim Harfespielen zuzuhören und zuzuschauen. Meistens sitzt er jetzt dabei auf dem Sofa, und ich spiele für ihn noch immer so unglaublich gern – und mehr als das. Die beiden ersten Male, die ich für ihn spielte, werde ich nie, nie vergessen. Aber auch ein drittes Mal nicht. Da war ich siebzehn. Er fragte mich, ob es mir recht sei, wenn er mich immer anschaute; ob wir die Harfe woanders hinstellen sollten – oder ob er woanders sitzen sollte, oder was ich mir wünschen würde. Ich überlegte und sagte, er könne doch einmal hinter mir sitzen. Ich weiß nicht, warum ich das sagte – vielleicht wollte ich tatsächlich einmal nicht angeschaut werden, oder ihn ganz in meiner Nähe haben, oder beides... Er tat, was ich mir wünschte, und ich begann zu spielen, während er hinter mir saß und ganz zärtlich mein Haar streichelte. Das war wunderschön...

Als ich das nächste Lied anfing, streichelte er meine Schultern... Dann meinen Rücken. Den Ansatz meiner Brust... Ich konnte nicht mehr weiterspielen – aber da hörte auch er auf. Also begann ich wieder – aber da begann auch er wieder. Es war so wunderschön, ich konnte einfach nicht weiterspielen. Aber wieder hörte er da auf. Und wieder spielte ich für ihn... Da spürte ich seine Hand an meiner Hüfte. Dann unter meinem Pullover, auf meiner Haut. Ich zitterte innerlich vor Erregung, aber ich *zwang* mich regelrecht, weiterzuspielen, damit er nur nicht aufhörte... Seine Hand glitt unsagbar zärtlich höher, und ich konnte kaum noch atmen. Als er zärtlich auch *unter* meinem Pullover den Ansatz meiner Brust erreicht hatte, konnte ich noch einen halben Takt weiterspielen – dann musste mein ganzer Körper sich nach ihm umdrehen, nichts von allem, was ich hatte, keine Hand, kein Arm, nichts konnte mehr weiterspielen. Ich konnte nicht einmal sitzenbleiben. Ich nahm seine Hand, die mich liebkoste, und zog sie in süßester Sehnsucht hinaus, hinaus aus dem Wohnzimmer...

Es gibt eine heilige Erotik. Aber dafür muss man *sich* heilig sein, sich einander... Und jetzt kommt das Eigentliche, was mit Gewohnheit und Gewohnheiten zu tun hat – weswegen sich mein Vater völlig irren *musste*.

Wolf putzt sich zum Beispiel auch nicht die Zähne, wenn ich dabei bin. Als ich mit siebzehn bei ihm einzog und zu ihm kam, fragte er mich am ersten Abend zärtlich (wir lagen uns an diesem Tag ohnehin fast die ganze Zeit in den Armen...): ‚Möchtest *du* zuerst ins Bad?' Für mich war die Frage ganz ungewohnt, denn zuhause bedeutete Zähneputzen nicht, dass das Bad besetzt war, jeder konnte trotzdem rein- und rausgehen, wie er wollte. Und ich dachte, bei Wolf würde die Vertrautheit nur *größer* werden. Zuhause hatte es mich nicht gestört, wenn jemand reinkam. Ich fand es auch nicht ‚toll', aber es hat mir auch nichts ausgemacht. Wolfs Nähe dagegen war *immer* schön. Deswegen irritierte mich seine Frage wirklich, sie tat irgendwie weh...

Aber er sah das – und verstand mich sofort. Denn er fragte mich voller Liebe: ‚Möchtest du *zusammen* Zähne putzen?' Ich stotterte etwas von ‚Du nicht?' und ‚Es klingt so förmlich...'. Aber da lächelte er und küsste mich unendlich zärtlich, so dass fast all meine Furcht wieder verging. Und dann erklärte er es mir mit derselben Liebe, mit der er mich vorher geküsst hatte. Das muss man sich wirklich so vorstellen. Er erklärte es mit Liebe und voller Zärtlichkeit. Ungefähr so:

‚Naemi... Es ist das *Gegenteil* davon. Es ist tiefe Liebe. Aber die Liebe braucht auch ihre ‚Geheimnisse'. Nicht, weil man sich dessen schämen müsste. Sondern weil es den Anderen in gewisser Weise gar nichts angeht. Ich meine: Novalis, Naemi... Die tiefe Liebe macht das Gewöhnliche, den scheinbaren Alltag, zu etwas *Besonderem*. Aber das geht nur, wenn es der Seele heilig werden kann. Vertraut miteinander zu sein, ist auch etwas Heiliges. Aber beim Zähneputzen wird das nicht empfunden – und dann mag die Vertrautheit etwas Schönes sein, aber sie führt geradewegs in die Gewöhnung, in den Alltag, das Gewöhnliche. Irgendwann ist es dann *nicht* mehr besonders. Man putzt eben miteinander die Zähne, vielleicht, vielleicht auch nicht, und selbst die Nähe des Anderen ist normal geworden. Wenn das *nicht* so werden soll, dann darf man die Vertrautheit nicht überall suchen, Naemi. Es sei denn, selbst das Zähneputzen kann dir zu etwas Heiligem werden. Sonst aber sollte diese Art ‚Alltag', diese bloße Notwendigkeit, zu der wir Menschen nun einmal gezwungen sind, gerade das *Intime* bleiben – ich meine das, was jeder sogar vor dem Anderen verbirgt. Nicht, weil er sich schämt. Sondern um den Zauber alles anderen zu beschützen. Vertrautheit ist selbst etwas Heiliges. Aber sie führt entweder in die tiefste Romantik – oder unweigerlich in den gewöhnlichen Alltag.'

Und als ich es noch immer nicht ganz verstand, sagte er: ‚Ich will mich nicht vor dir verstecken, Naemi. Und die Liebe hat die Sehnsucht, alles miteinander zu teilen, die Sehnsucht nach tiefster Vertrautheit. Aber diese kann gerade da sein und auch *bleiben* (!), wenn manches einfach intim bleibt. Etwas, was man vielleicht doch nicht gern zeigt... Das hat gerade mit der unendlichen Achtung voreinander zu tun, mit der Heiligkeit der Romantik. *Ich* könnte dir unendlich gern auch beim Zähneputzen zuschauen, weil mich jede kleinste Bewegung von dir so unendlich *rührt*. Weil du selbst mir so unfassbar heilig bist, mit allem, was du hast und bist. Aber es könnte sein, dass selbst ich mich daran gewöhnen würde. Oder dass du beim Zähneputzen nicht dasjenige hast, was mich sonst so sehr in allem berührt. Weil man mit diesen ‚Kleinigkeiten' eben viel zu nachlässig ist – und da verliert sich die *Anmut*, Naemi... Da, wo die Dinge in Alltag und Notwendigkeit erstarren, da verliert sich die Schönheit und das Heilige zuerst.

Und das darf nicht sein... Verstehst du? Ich möchte das einfach *schützen*. Diesen ganzen Bereich... Unsere ganze Liebe... Ich weiß nicht, wie ich es sonst noch erklären soll...'
Aber da hatte ich ihn längst schon verstanden, staunend, beschämt, nur schweigen könnend vor so viel Liebe und so vielen Gedanken, zärtlicher Sorge gegenüber *der Liebe selbst*.

In den nächsten Tagen und Wochen und Monaten verstand ich mit meinem ganzen Herzen, was er gemeint hatte. Ich *erlebte* es. Ich erlebte, dass es keine förmliche Trennung war „Jetzt gehst du, danach geh ich' – so hätte man es empfinden können. Aber vor allem empfand man etwas anderes. Man empfand den grenzenlosen *Zauber*, der allem anderen erhalten blieb. Man hätte es als ‚steif' empfinden können, aber nur, wenn man sich *darauf* konzentrierte, weil es so anders war als bei allen anderen, die sich so nicht verhielten, die sich darüber gar keine Gedanken machten. Dann hätte man sich an die Förmlichkeit früherer Zeiten erinnert fühlen können – aber das war es nicht! Es ist genau das Gleiche wie mit der Frage, ob ein Mann ein Mädchen abschreckt oder anzieht. Es kommt auf *ihre* Blickrichtung an! Wenn man erst einmal verstanden hatte, warum gemeinsam Zähneputzen nicht ging, dann schlug die Romantik wie mit einem Blitzstrahl in einen ein! Dann wuchs die Erregung bereits beim Zähneputzen – weil man wusste: Jetzt putze ich Zähne, aber gleich... Und was dann hinter diesem ‚gleich' lag, das war unbeschreiblich, das war das reine Märchenreich, man erschauerte schon, wenn man nur daran dachte...

Wolf hatte so Recht! Es gibt zwei Arten von Vertrautheit. Die eine *muss* in den Alltag münden. Dann ist man irgendwann eben so vertraut wie mit den Eltern, es ist alles ganz normal. Mit dem Geliebten kommt dann noch ein winziges bisschen hinzu, aber das war es dann. *Oder* man macht so etwas wie das Zähneputzen zu einer echten Intimität, man verheimlicht es sogar gegenüber seinem Geliebten. Aber dann wird alles *andere* zu etwas Unbeschreiblichem. Dann ist im ganzen übrigen Leben eine allertiefste Vertrautheit, die aber heilig ist, zutiefst romantisch – und auch zutiefst intim. Man kann das Heilige nicht beschreiben. Aber es kann nur da sein, wenn es Dinge gibt, die man *nicht* miteinander teilt. Der Andere muss in jedem Moment der heiß und heilig Geliebte sein – wortwörtlich: der *Geliebte*. Ganz und gar.

Wenn man es so aufschreibt, glaubt man fast selbst nicht, dass das überhaupt gehen könnte. Aber es geht! Nur muss man es tun! Man muss es so unglaublich ernst nehmen – aber man muss es auch wollen. Ich meine: man muss einfach eine tiefe Sehnsucht nach dieser *Romantik* haben. Und auch glauben, dass das möglich ist! Und auch den Mut haben, sich dessen nicht zu schämen, ich meine vor der übrigen Welt. Das ist ja vielleicht das Erste, das Allerwichtigste... ‚Was, ihr putzt getrennt Zähne? Wie dumm ist das denn? Liebt er dich überhaupt?' Und man *kann* es einfach nicht erzählen. Man schämt sich fast selbst, wenn man daran denkt, wie heiß, wie heilig, wie erotisch, wie romantisch, wie zärtlich diese unbeschreibliche Liebe ist, die man immer wieder hat – weil man spürt und erlebt, dass niemand sonst das hat. Da schämt man sich! Ich meine, es ist, wie wenn einem der Mund verschlossen wird, weil man es gar nicht *aussprechen* kann. Weil man eigentlich nur spürt: Es versteht ja sowieso keiner! Oder aber man spürt: Der Andere würde einen Moment lang mit offenem Mund stumm bleiben – und dann wieder von irgendetwas ganz Gewöhnlichem reden, so, als hätte er nicht eben das Unglaublichste gehört und erlebt, das überhaupt möglich ist. Und *dafür* ist mir das alles zu heilig! Wenn ich eh nicht verstanden werde, wieso soll ich dann überhaupt *versuchen*, es zu erklären? Man müsste es dann auch heilig nehmen können.

Heute fangen die Menschen ja schon bei zärtlichen Szenen im Kino an, zu flüstern, zu kichern, sich zu unterhalten – nur weil sie es nicht aushalten, so etwas zu sehen, so etwas Heiliges. Sie müssen es kommentieren, sie finden es ,überzogen' und all diese Dinge – aber sie wissen gar nicht, wovon sie reden! Muss man alles in das Gewöhnliche hinabziehen? Ich meine, ich habe mich mit fünfzehn *auch* geschämt, wenn ich eine solche zärtliche oder vielleicht auch erotische Szene sah – aber das ist etwas ganz anderes! Und jetzt verstehe ich es überhaupt erst. Ich habe mich geschämt, weil das etwas so unglaublich Heiliges ist – und weil ich das einfach anschaue, weil auch alle anderen hinschauen und weil man sich dann einfach schämt. Ich meine, so etwas macht man in tiefster Intimität – wenn *niemand* zuschaut. Es ist doch klar, wie das ist? Und ich meine, man schämt sich auch, weil man spürt, wie alle anderen *anders* gucken. Eben so, dass sie kichern, oder die Männer gucken die Frau in dem Film dann in bestimmter Weise an und all das. Man weiß, dass *niemand* so guckt wie man selber. Man schämt sich auch deshalb, weil man es als Einzige unglaublich heilig findet... Das ist eigentlich der Hauptgrund... Und dann eben, weil man so etwas eigentlich gar nicht anschauen dürfte...

Und wieso geht das so verloren? Ich meine, warum findet man das nirgendwo mehr? In einem Film vielleicht schon noch – aber warum nicht in den Menschen? In den echten? Wenn ich irgendwo ein Buch aufschlage, in einer Bahnhofsbuchhandlung, dann finde ich etwas ganz anderes. Und wieder fällt mir dann ein, wie Wolf das sagte: ,Man muss auch die *Sprache* heiligen'. Er meinte damals eine Liebe bis zu den Silben, den Endungen, zum Aussprechen. Dass man sie *gern* spricht, gern mit Sorgfalt, eigentlich auch fast Zärtlichkeit. Liebe eben. Aber Liebe ist auch, alles heilig zu nehmen. Ich finde in den Büchern nur das Gewöhnliche. Aber alles ist

Sprache! Bücher bestehen aus Sprache. Wenn die Menschen nur noch das Gewöhnliche erleben und so Bücher schreiben, wird auch die Sprache gewöhnlich. Es tut richtig weh, so ein Buch dann zu lesen! Es tut weh, die Sprache zu lesen und innerlich zu hören, weil man spürt, was der Schreiber denkt, was er erlebt – und wie *arm* das ist. Es tut weh, zu erleben, wie arm alles wird! Wie sehr die Menschen in das Gewöhnliche, in das Harte hineinstürzen geradezu, und wie dann *so* auch Bücher geschrieben werden!

Und dann reden sie von Romantik so, als ob das ein Witz sei – etwas, was sie überhaupt nicht mehr verstehen, worüber man sich nur noch lustig machen kann. Es wird *alles* ins Unromantische gezogen. Aber das Unromantische ist eben *Abwesenheit* des Romantischen. Da wird es hingezogen! Dahin, wo die Romantik fehlt, weil sie nicht mehr da ist, weil sie da nicht mehr *sein* kann! Aber warum nicht? Weil die Menschen sie vertreiben! Verjagen, verspotten, treten.

Wie kann man all diese tausend, diese Millionen Bücher schreiben, in denen die Romantik *nicht* vorkommt? Welchen Sinn soll das haben? Zu was soll es gut sein? Wer liest so was? Wer liest Bücher, die keinen Sinn haben – wozu tut man das? Weil sie spannend sind? Welchen Sinn hat das? Weil sie lustig sind, spöttisch, sarkastisch? Mit diesem trockenen Humor? Welchen Sinn hat das? Warum gefällt das Menschen? Warum gibt es Menschen, denen das gefällt? Warum wird das immer mehr? Weil es Mode ist? Weil man sich dann cool vorkommt? Weil es intelligent wirkt?

Aber es fehlt doch das Gefühl! Jedes Gefühl eigentlich. Außer die schlechten. Aber das Heilige fehlt. Und das Zärtliche – was fast das gleiche ist. Wie kann man aber ohne Zärtlichkeit *lieben*? Wenn dann in den Büchern zwei Menschen aufeinanderstoßen, die sich lieben – wie *erkennen* sie das überhaupt, wenn beide nur trockenen Humor haben? Wie findet sich überhaupt noch etwas zusammen, wenn es nur noch *das* gibt? Und wieso fahren gerade die Jugendlichen so darauf 'ab'? Ich verstehe es so unglaublich nicht... Woher kommt dieser Drang, das 'cool' zu finden? *Sich cool zu finden und wohl zu fühlen, wenn man so ist?* Weil es schlagfertig ist? Weil man sich nicht berühren lässt – von nichts? Wenn es nun aber gerade *darum* ginge...?

Wenn es darum ginge, sich berühren zu lassen... Sich berührbar zu machen... Wenn es darum ginge, dass das Leben darin besteht, unendlich berührbar zu werden. So sehr, dass man den Spatzen zugucken kann und es kein 'Zugucken' mehr ist, sondern ein sperrangelweitgroßes Offenmachen des *Herzens* und dann ein Sehen, was aber kein Sehen ist, sondern ein Fühlen, und auch kein Fühlen, sondern ein Berührtwerden, aber nicht einmal ein Berührtwerden, sondern ein allerzärtlichstes *Erschlagenwerden* von dem, was man dann zum ersten Mal *sieht*. Es ist eine allertiefste, unbeschreibliche Rührung. Etwas, vor dem alle Worte nur Worte sind, was man also niemals beschreiben kann. Nur die Tränen rinnen einem sanft über das Gesicht. Woher kommen sie? Woher kommen die Tränen? Warum Tränen? In dem Moment weiß man es. Aber man kann es nicht erklären...

Aber *das* – das ist das Einzige, worauf es ankommt. Aber wie soll man es je finden, wenn die ganze Sprache, das ganze Denken, das ganze Fühlen in die andere Richtung geht? Wenn die Menschen und gerade schon die Jugendlichen diesen furchtbaren 'Humor' aufsaugen – und *nicht* die Liebe? Nicht die Romantik, die Zärtlichkeit, das Heilige des Zärtlichen... Es passt einfach nicht zusammen! Noch viel weniger als Romantik und gemeinsam Zähneputzen passt Romantik mit diesem trockenen Humor zusammen. Es geht nicht! Zwei Menschen werden sich vielleicht lieben, aber dann auf diese trockene, viel zu harte Art. Und im Bett werden sie vielleicht etwas zärtlicher, aber *wie* zärtlich? Und wenn sie zärtlich werden, wie können sie dann wieder aus dem Bett steigen und von neuem diesen trockenen ‚Humor' anziehen? Es geht gar nicht. Weil sie sich nämlich entscheiden müssen. Mit dieser Art Sprache kann man nicht *fühlen*. Man schottet sich ab. Man läuft weg vor dem Fühlen, viel mehr noch als ich vor Wolf am Anfang. Man kann *entweder* cool humorvoll sein wollen *oder* zärtlich und romantisch.

Dieser Humor passt für trockene Kommentare, aber er stößt gerade ab. Er zieht nur dann an, wenn man den Anderen dadurch cool und schlagfertig findet. Aber man merkt nicht, dass er gar nicht *fühlen* kann. Und das hat wieder überhaupt nichts mit ‚Softie' zu tun, mit einem Gegensatz zwischen coolen Jungs und ‚Softies'. Das hätten die coolen Jungs gern, dass es diesen Gegensatz gibt. Aber jedenfalls gibt es noch etwas Drittes, und das ist eine abgrundtiefe Romantik. Oder eben: die Magie. Die ‚coolen' Jungs haben keine Ahnung, was *Zärtlichkeit* ist. Und erst recht nicht davon, was passiert, wenn dieses Wunder zusammentrifft mit einem anderen Wunder. Mit Ruhe, Achtung, Stärke, Weisheit, Geborgenheit – kurz: mit einem Mann, der all das hat. Das ist Magie. Das ist Liebe. Das ist Romantik – aber *unglaubliche* Romantik. Es ist reinste Magie. Und die coolen Jungs können mit den coolen Mädchen ja gerne ‚Harry Potter' oder ‚Herr der Ringe' oder so etwas gucken. Wenn sie es überhaupt verstehen, dann ist das nur ein Film. Aber *ich* habe die Realität!

Ich muss jetzt, bevor das Buch zu Ende ist, weil nichts mehr reinpasst, unbedingt noch einmal die Natur erwähnen – und eigentlich noch so vieles andere. Ich hätte nie gedacht, dass ich so viel schreiben könnte – dass ich in so kurzer Zeit das ganze Buch vollschreiben würde! Ich hätte gedacht, es reicht Monate als Tagebuch. Für ein wirkliches Tagebuch muss mir Wolf wohl noch ein neues schenken...

Also die Natur – die Wolf so liebt. Ich natürlich auch, aber er eben noch mehr, weil er nichts anderes bräuchte ... außer mir. Und das kann ich auch verstehen. Wenn er so sehr die Unschuld liebt und wenn er dann sieht, wie die Menschen sind, dann muss ihn das ja tief enttäuschen. Ich habe ihn nie ärgerlich über jemand anderen sprechen hören. Aber ich weiß, wie weh ihm vieles tut, was er um sich herum sieht. Die Natur ist für ihn eine Art Rückzugsort – aber er liebt sie wirklich, so sehr wie kein anderer. Armer, einsamer Wolf...

Ich muss lächeln, wenn ich daran denke, wie liebevoll und geduldig er versucht, mir die Pflanzen und Tiere beizubringen. Jedes Mal sehe ich dann, wie sehr *er* alles liebt! Und wie sehr er sich freut, wenn ich etwas wiedererkenne. Ich merke mir alles schon allein deshalb so gut wie möglich – weil ich seine Freude so liebe! Und wie oft kann er sich schon freuen, weil ich eine so fleißige, gelehrige Schülerin bin.
Ach, sind das wunderschöne Spaziergänge und Wanderungen, die wir hatten und haben! Und ich staune über mich selbst, was ich schon alles kenne – nichts davon kannte ich früher mit Namen. Schachtelhalm, Sternmiere, Stinkstorchschnabel, Adlerfarn, Wachtelweizen, Ulme, Eibe, Parasolpilz, Rüsselkäfer, Admiral, kleiner Fuchs, Schlupfwespe. Was noch? Die Vögel, die ich jetzt erkenne, schon an ihrer Stimme. Nachtigall, Pirol, Rotkehlchen, Hausrotschwanz, Zilpzalp, Fitis (noch ein bisschen schwierig), Elstern, Dohlen.

Und natürlich noch viel mehr. Kamille, Frühlingshunger-
blümchen, Hahnenfuß, Mauerblümchen (auch Zimbelkraut!),
Wolfsmilch, Wegerich, Knöterich, Hopfen, Taubnessel, und
wie heißt noch mal die ‚Klebepflanze'? Ach ja – Klettenlab-
kraut! Manche Pflanzen und manche Namen liebe ich einfach... Ganz viele fallen mir jetzt natürlich nicht ein...

Ich habe ihn einmal gefragt, woher er das alles weiß. Da sagte er, irgendwann wollte er nicht mehr in die Natur gehen, ohne zu wissen, was er dort alles sah. Und dann kaufte er sich
gebrauchte Bücher und zog mit ihnen los, nahm Pflanzen mit
nach Hause, machte Exkursionen mit – sicher drei Jahre lang.
Danach war er zufrieden – glücklich darüber, dass er ‚seine'
Natur jetzt kannte, zumindest viel. Er sagt, dass der Reichtum
noch hundert- und tausendfach größer ist, allein alles, was er
überhaupt nicht kennt. Schnecken, Käfer, überhaupt Insekten,
Spinnen und all das. Na gut, das muss ich auch nicht kennen.
Aber ich bin auch so glücklich über das, was ich jetzt kenne.
Man fühlt sich so viel mehr mit allem verbunden! Weil man
es überhaupt sieht, überhaupt wiedererkennt – und dann noch
wie einen guten Freund... Man wächst viel tiefer hinein in die
Natur, sie wird einem wirklich eine zweite Heimat. Und wie
kann es denn anders sein? Was man kennt, das kann man noch
ganz anders lieben...

Der Hauptpunkt ist, dass Wolf dies alles wirklich *liebt*. Und
dass er zugleich nicht wie ein Lehrer durch die Natur geht. Er
unterrichtet mich nicht. Er liebt alles so sehr – und wenn er
sich neben eine Pflanze hinhockt, um sie genau zu betrachten
und ihre Blüte sanft zwischen die Finger zu nehmen, dann bin
ich schon *neben* ihm, weil mich seine Liebe so berührt und
mich die Pflanze auf einmal genauso interessiert, und dann
braucht er mir nur zärtlich und leise, weil ich direkt neben
ihm hocke, meine Hand vielleicht auf seiner Schulter, meine
Wange fast an seiner ... nur leise zu sagen: ‚Siehst du, Naemi,

und das ist eine Taubenskabiose.' Und während ich noch die schönen rosavioletten Blüten bewundere, flüstert er aufgeregt, auf eine Nachbarblüte weisend: ‚Und das, das ist ein Blutströpfchen!' Und das ist dann ein wunderschöner rotschwarzer Nachtfalter, auch Widderchen genannt. Ich liebe diese ganzen Namen! Ich liebe diese unendliche Schönheit und Vielfalt dieser unzähligen Arten! Und irgendwie hat alles, was ich durch Wolf kennenlerne, eine so besondere Bedeutung für mich. Ich kann nie wieder ein Widderchen sehen, ohne in so unglaublicher Liebe an Wolf zu denken – und dann liebe ich *beide*, auch das Widderchen...

Ich frage mich, wieso es so ist, dass den Menschen die Natur so wenig bedeutet. Wie kann etwas so Schönes den Menschen so unwichtig werden? Das macht mir wirklich Angst, ich meine, ganz wirklich. Es ist *so* bedroht! Wolf hat mir erzählt, *wie* bedroht es ist. Man möchte es gar nicht hinschreiben, man möchte es nicht glauben, nicht wahrhaben. Und man kann sich nicht vorstellen, dass es eines Tages vielleicht keine Widderchen mehr geben würde – weil es vielleicht keine Taubenskabiosen mehr gibt.
Es ist eine Vorstellung, die einem fast den Atem nimmt, wenn man sich vorstellt, dass es den meisten Menschen gar nicht *auffallen* würde. Oder dass es ihnen auch völlig egal wäre, weil sie mit diesem Tierchen nichts verbinden. Dann gibt es eben eins weniger. Aber ich stehe vor dieser Tatsache unglaublich schockiert. Dass es *egal* sein könnte – *und* dass es nicht einmal auffallen würde. Das treibt einem einen Kloß in den Hals – vor unendlichem, hilflosem Unverständnis. Vor Fassungslosigkeit. Vor Verzweiflung. Es kommen wirklich Tränen. Weil man dieses *Tier* nicht versteht. Weil man es nicht liebhat, unendlich lieb... Weil es nichts bedeutet, den anderen Menschen. Unfassbar. Wie wenn man das Unendliche denken müsste.

Eigentlich müsste die Liebe der *Menschen* unendlich sein – und es müsste unmöglich sein, sie *endlich* zu denken. Für mich ist es wirklich, ganz wirklich unfassbar, wie einem so ein Tierchen nichts bedeuten kann! Und auch alle anderen natürlich. Ich habe vorhin so schlecht über die Spinnen und so weiter gesprochen. Aber ich würde es trotzdem nie zulassen, dass auch nur eine Art aussterben müsste, weil wir Menschen die Natur zerstören. Ich könnte auch das niemals verstehen. Man muss eine Spinne doch nicht gleich liebhaben, um trotzdem die Tatsache zu lieben, dass diese Tiere alle *da* sind! Dass noch die kleinste und, ich meine, auch die größte Spinne ein Recht darauf hat, da sein zu dürfen und nicht *vernichtet* zu werden! Sogar schon die einzelne Spinne, aber dann die ganze Art! Alle Tiere einer Art – alle! Das muss man sich wirklich einmal vorstellen. Wenn eine Art einfach verschwinden würde. Ausgelöscht... Mir kommen *wieder* die Tränen – es ist für mich unmöglich, das zu begreifen!

Ich wollte eigentlich über Wolfs Liebe zur Natur schreiben – und jetzt schreibe ich über so traurige Dinge. Aber das gehört doch zusammen! Es gehört alles so unglaublich zusammen, und wieder fragt man sich, wie man eigentlich glücklich sein kann, wenn es in Wirklichkeit alles so traurig ist. Wenn so vieles zerstört wird, und immer mehr, wenn das nie aufhört! Wie kann man da glücklich sein? Ich verstehe Wolfs Einsamkeit. Man weiß ja gar nicht, wo man anfangen soll. Wenn heute schon die kleinen Kinder Handys kriegen, und auch ihre Eltern die Natur gar nicht mehr lieben, nicht mal mehr die Sprache, also gar nichts. Wenn *alles* ohne Liebe und Sorgfalt gemacht wird, wenn man so auch miteinander umgeht. Dem Kleinen ein Handy in die Hand, dann ist es still. Die Eltern wissen ja ohnehin nicht, was sie ihm beibringen sollen. Etwa ihre eigene Lieblosigkeit? Wo soll man da anfangen?

Ich habe Wolf gefragt. Es war das erste Mal, wo er mich nur traurig ansah und keine Antwort wusste. Und doch hat er wieder viel gesagt – und mich damit zutiefst erschüttert. Er tat mir so unglaublich leid... Er sah mich ganz lange an, voller Traurigkeit, voller Liebe, voller Bedauern und Schmerz, und dann sagte er ungefähr: ‚Es tut mir so *leid*, Naemi... Ich weiß es auch nicht. Ich weiß es wirklich nicht. Du weißt, wie es zusammenhängt. Wenn auf der Welt nicht mehr die *Liebe* lebt. Wenn das Heilige verlorengeht, das Heilige und die Liebe dazu, die tiefe Romantik, Novalis ... wenn das alles verlorengeht, nicht mehr verstanden wird, nicht mehr gewollt, gar nicht mehr gekannt – dann fehlt jeder Ansatzpunkt. Es ist, wie wenn man hilflos abgleitet, egal, was man sagen möchte... Es tut mir so leid! Ich liebe dich so unendlich, weil in *dir* eine so unglaubliche Liebe und Unschuld lebt, Naemi. Aber ich liebe dich – und kann doch nicht das Geringste tun, das unendliche Wunder, das du bist, vor dieser Welt zu schützen oder dir eine bessere Welt zu retten... Das beschämt mich so sehr... Ich konnte mich gerade so zu *dir* retten, Naemi... Ich – hier versage ich völlig...' – Und dann versagte auch seine Stimme, in diesem letzten Satz brach sie ihm – und er musste seinen Kopf in Tränen vor mir verbergen...

Ich war so unglaublich erschüttert, dass ich ihn sofort zärtlich in die Arme nahm und ihn innig bat, nicht zu weinen, nicht *deswegen*. Sich nicht zu schämen. Er bräuchte sich nie, nie, nie zu schämen. Er wäre der Einzige, der sich nicht schämen müsste. Und am Ende weinten wir beide, er, weil er nicht aufhören konnte, und ich, weil ich es nicht ertrug, es war so furchtbar, es tat mir so unendlich weh, ihn weinen zu sehen!

Als wir schließlich aufhören konnten, waren wir um keinen Rat reicher – aber die Schechina war mitten unter uns gewesen. Auch sie hatte mit uns geweint, das weiß ich...

Jetzt muss ich aber auch noch von einem weiteren wunderschönen Moment erzählen. Ich habe *so* viele schöne Momente mit Wolf und nur durch Wolf erlebt, dass es schon jetzt für ein ganzes Leben reicht! Ach, wenn wir doch nur früher auch all diese *Reisen* schon hätten machen können! Aber auch diese Reise konnten wir erst machen, als ich siebzehn geworden war. Letzten Sommer war es, wir waren eine Woche lang in Süddeutschland unterwegs. Ich wollte mindestens einmal auch zelten, und Wolf hatte extra dafür ein kleines Zelt gekauft – was mich wieder so sehr rührte, ich kann das immer nicht beschreiben.

Na ja, wir wollten am ersten Abend dann in einem kleinen Gasthaus übernachten – aber dort warf man uns wieder hinaus. Man warf uns wirklich hinaus! Wolf bewies mit der Melderegisterkopie, dass wir *zusammenleben* – aber das war der Frau egal. Sie sagte, so dass es alle hören konnten, die in der Nähe waren: ‚Da könnt ja jeder kommen! Bei uns gibt's das nicht. Schämen sollten Sie sich (sie meinte vor allem Wolf). Und jetzt verschwinden's!'
Wir waren so sprachlos, so überrascht und noch so vieles andere, dass wir wirklich einfach gingen. Es war so absolut nicht zu beschreiben. Wir gingen, und indem wir gingen, muss es mir durch den Kopf gegangen sein: Jetzt weiß ich, wie sich die Juden gefühlt haben... Draußen stammelte Wolf etwas von ‚Es tut mir so leid, Naemi...', er schämte sich, aber mein Herz brannte lichterloh, ich nahm zärtlich sein Gesicht in meine Hände und küsste ihn innig, auf offener Straße, mitten in diesem erzkatholischen und so tief unchristlichen Bayern, in dem wir uns befanden... Das war ein Moment, den ich nie, nie in meinem Leben vergessen werde. Die Tränen standen mir in den Augen – aber es waren Tränen reinster, tiefster Liebe...

Aber das war es nicht einmal, was ich erzählen wollte. Ich wollte nur sagen, dass wir dann ein Hotel suchen mussten – und dort gab es eben nur Blicke, aber nichts weiter, nach den Blicken gab man uns den Schlüssel. Ich hätte nie gedacht, dass diese Blicke *besser* sein könnten als etwas anderes, hundertmal besser...

Nach alledem fühlten wir uns gar nicht in der Stimmung, zärtlich zu werden, und das ist, glaube ich, auch sehr verständlich. Wir fühlten uns ja wie auf feindlichem Boden – und was heißt ‚wie', wir waren es doch! Aber dann veränderte sich in mir etwas. Wolf schämte sich ja immer noch, ich sah es, ihn traf dies immer unendlich, weil er nichts dagegen tun konnte. Ich spürte, dass er darunter litt, weil er ja der Mann war und weil er mir so sehr Geborgenheit geben wollte, wie ich diese liebte. Und mir tat es immer so unglaublich weh, das zu sehen – dass *er* so litt!

Und, ja, dann wurde ich plötzlich *unglaublich* zärtlich, und ich wusste selbst nicht, was mit mir los war. Jedenfalls hatten wir in diesem Hotel mitten in Bayern dann eine unserer märchenhaftesten Stunden überhaupt... Heilige, zärtlichste Liebe auf feindlichem Boden...

Und das war es auch noch immer nicht, aber, nun ja, wahrscheinlich gehört sowieso immer alles zusammen.

Wir wollten dann auch nicht auf irgendeinem Zeltplatz zelten, wo es vielleicht ganz *viele* Blicke gegeben hätte und wo man sich dann wirklich in einer unmöglichen Situation befunden hätte, dicht an dicht. Und so fanden wir erst am vierten Tag auf einer Wanderung eine Stelle, wo wir gerne geblieben wären. Es war eine malerische Stelle mit Bergwiese rund um uns herum und einem kleinen Wäldchen, in das wir unser Zelt hätten ‚verstecken' können. Wolf ging allein zum Bauern, der erst einen halben Kilometer weiter seinen Hof hatte, und fragte um Erlaubnis. Mit dieser kam er dann wieder zurück. Er hatte ein einziges Mal gesagt, er sei mit seiner Tochter auf der Reise...

Natürlich liebten wir uns auch in dem Zelt unsagbar romantisch. Und dann schliefen wir sozusagen fast unter freiem Himmel, irgendwo plätscherte in diesem Wäldchen ein kleiner Bach, es war so traumhaft!

Und *dann* – am nächsten Morgen... Da lag noch überall Nebel, es war früh, aber durch den Nebel kam schon leicht die Sonne. Ich kroch als Erster von uns beiden aus dem Zelt. Wolf blieb noch drin – und ich wusste genau, warum er das tat. Er *wollte*, dass ich manchmal ganz allein bin – er wollte mir auch dieses Erlebnis lassen. Er wollte und will mich nie einengen, und ich fühlte das, fühle es immer.

Und genau so war es: Ich trat nach draußen – und fühlte die grenzenlose Freiheit und Schönheit eines frühen, nebeligen Morgens. Mein Impuls war dann doch, ihn zu rufen – aber eine andere Stimme in mir sagte: Nein, Naemi, du *sollst* jetzt allein sein. Und sozusagen *für* Wolf blieb ich noch weiter allein... Ich ging ein paar Schritte an den Wiesen entlang und sog tief diesen heiligen, frühen Morgen in mich ein. Ich war erfüllt von Glück über diesen unglaublich stillen, friedlichen, frühen Morgen, der einfach so dalag, einfach so! Es war nichts besonders, es war einfach nur früh – aber zugleich war *alles* besonders, schon das war magisch...

Und dann entdeckte ich ihn. Es war an dem Wiesenhang links von mir, der sachte zum Tal hin abfiel. Auf dieser Seite ging die Sonne auf, war längst aufgegangen, aber hatte ja noch mit dem Nebel zu tun, drang nur ganz langsam durch ihn hindurch. Die Gräser blühten, die Blumen streckten ihre verschlafenen Köpfchen empor, und alles schien noch zu schlafen oder gerade erst aufzuwachen. Magisch!

Und dann saß er dort. An der Spitze eines dieser Gräser, und die Spitze hatte sich unter ihm gebogen, und vielleicht hatte er so die Nacht verbracht. Der schönste Schmetterling, den ich je gesehen hatte. Ich erinnere mich nicht mehr, wie er aussah. Ich weiß nur noch, dass es wunderschön war, in einem warmen, leuchtenden Gelborange, mit Punkten, und die Sonne war es, die Sonne, die langsam durch den Nebel drang, die ihn zum Leuchten brachte, weil ich mich ihm vorsichtig bis auf Armlänge näherte und mich dann so langsam wie möglich zu ihm niederkniete... Wenn ich ihn noch einmal sehen würde, würde ich ihn sofort wiedererkennen – sofort. Aber im Gedächtnis kann ich ihn nicht mehr beschreiben. Ich sah einfach nur *Schönheit* – Schönheit aus Farbe und Licht, es war dieser eine Schmetterling, der Einzige, der Schönste, das weltenumstürzende Wunder dieses Morgens... Nie wieder habe ich so gestaunt, nie wieder war ich so sprachlos, nie wieder so glücklich – nicht in der *Natur*. Meine Brust war gleichsam zum Bersten glücklich im Anschauen dieses einzigartigen Wunders. Ich vergaß sogar Wolf, ich meine, ihn zu rufen – ich vergaß sogar *mich*. Die ganze Welt wurde zu einem einzigen magischen Ort. Alles gehörte dazu, aber alles konzentrierte sich auf diesen Punkt vor mir, an dem er saß. Der ganze, unermessliche Friede dieses Morgens konzentrierte sich auf den Schmetterling, der wie ein lebendiger Edelstein und schöner als jeder Edelstein auf diesem Halm saß, und selbst der Halm in seinem schlichten Kornfarbengrau passte in unendlicher Harmonie dazu. Mild-warmschlicht-grau-nebelschlafende liebe Grasblüte und *leuchtende Schönheit!* Man kann Magie nicht beschreiben...

Als ich mich wieder fassen konnte und dann so vorsichtig wie möglich wieder auf den Weg gegangen bin, bin ich gerannt, wie wenn ich mein Leben zu verlieren hätte – ich wusste ja nicht, wie lange er noch sitzenbleibt! Wolf dachte bei meinen ersten Worten, die ich in Richtung des Zeltes rief,

ernsthaft, ich sei in Gefahr. ‚Wolf! Wolf! Komm schnell...!'
Sofort war er draußen – aber ich nahm nur seine Hand und
zog ihn zurückrennend mit mir. Und dann konnte er es, nein
ihn, tatsächlich auch noch bewundern. Aber ich meine, dass
in dieser kurzen Zeit sich die Sonne schon etwas bewegt hatte
oder der Nebel schon etwas weniger geworden war oder was
auch immer, denn es war schon nicht mehr *ganz* so unbeschreiblich wie so kurz zuvor.
Das sagte ich ihm schließlich auch leise, aber er flüsterte nur
andächtig: ‚Es ist *trotzdem* unglaublich schön, Naemi...' Und
er küsste mich und ich küsste ihn vor dem leuchtenden Edelstein. Und wir blieben vielleicht zwei oder vielleicht sogar
drei Minuten einfach so bei ihm, bis unsere Knie schmerzten,
dann verließen wir ihn andächtig, ohne ihn zu vergessen, sicher hat auch Wolf den ganzen Vormittag mit mir noch an
ihn gedacht...

Das also wollte ich noch sagen. Ein solches Erlebnis... Man
bräuchte nur *ein* solches Erlebnis, um – ja, was soll ich sagen? Um nie wieder vergessen zu können, dass man die Natur *liebhat*! Um nie wieder vergessen zu können, dass man
nichts davon verlieren möchte – nichts! Um zu fühlen, was
Schönheit ist... Und – um überhaupt zu fühlen...
Ein einziges solches Erlebnis. Haben die Menschen nicht ein
einziges solches...?

Ich bin Wolf so dankbar für alle Erlebnisse, die ich mit ihm
hatte. Er kann es immer wieder nicht fassen, dass ich ihn liebe – aber er kann es offenbar auch immer wieder nicht begreifen, wie *sehr* ich ihn liebe. Er denkt nur immer, dass er
mich unfassbar liebt – aber das tue ich auch... Und man könnte meinen, das wäre nur, weil er mir so unglaublich schöne
Momente schenkt. Aber das ist nicht wahr. Er schenkt mir
noch viel mehr solche Momente, die nichts mit der Natur zu
tun haben. Und es geht nicht nur um die Momente. Es geht

um alles – es ist eigentlich *jeder* Moment. Und das ist so, weil – weil Wolf selbst wie ein leuchtender Edelstein ist. Nicht nur der Schmetterling... Ja, das ist eigentlich das ganze Geheimnis. Die Liebe muss leuchten. Leuchten wie ein Schmetterling in der frühen Morgensonne, in dem friedlichen, unendlich schönen Nebel. Aber damit die Liebe leuchten kann, müssen die Liebenden leuchten.

Was für ein heiliges, wunderschönes Geheimnis...

Ich hätte mir gewünscht, dass das Tagebuch nicht so schnell zu Ende ist – obwohl es so dick ist! Aber es ist wahrscheinlich immer gut so, wie es ist, also finde ich mich auch jetzt damit ab und komme zu einem Abschluss.

Wolf ist die Liebe meines Lebens, und er wird es bleiben. *Bleiben*... Wie unglaublich ich manche Worte liebe. Es scheint immer nur tiefer zu werden... Er wird es bleiben. Denn es gibt nur *eine* Liebe des Lebens. Man kann das, was man mit jemandem erlebt hat, nicht noch einmal erleben – es kann sich nicht wiederholen, und es kann auch nie etwas geben, was dem gleichkommt. Es gibt auch nur *eine* Magie! Das ist meine völlige Sicherheit – und meine heilige Liebeserklärung.

Wolf hat mich so oft gerührt, dass dieses Tagebuch nur einen ganz kleinen Teil erwähnen konnte. Und eigentlich muss ich auch jetzt wieder sagen: Er rührt mich täglich. In jedem Moment. Jeden Tag. Jede Nacht. Auch wenn er mich *be*rührt.

Wie kann eigentlich auch die Berührung so ein Wunder sein? Dass man von *einem* einzigen Menschen berührt, angefasst, gestreichelt werden möchte? Von einem einzigen! Das ist vielleicht das allergrößte Wunder. Denn für das Anfassen und Streicheln wäre es eigentlich egal – aber es *ist* nicht egal. Und das ist das Wunder.
Es ist ein unfassbares Wunder. Ich könnte mir, wenn wir uns lieben, die Augen schließen oder die Augen verbunden bekommen und mir vorstellen, ich würde mit einem jungen, höchst attraktiven Mann schlafen. Stattdessen könnte ich mit einem solchen schlafen und würde die Augen schließen und mir wünschen, es wäre Wolf...
Die Vorstellung eines solchen jungen, attraktiven Mannes ekelt mich regelrecht an! Ich will keinen solchen Mann, der mich begehrt und gleichzeitig vielleicht noch das Gefühl hat, dass *er* unglaublich begehrenswert sei. Ich will damit nichts

zu tun haben. Ich will einfach nur Wolf – immer nur ihn und immer nur ihn... Niemand ist so zärtlich wie er, kennt eine solche Zärtlichkeit. Wirklich niemand. Und selbst wenn es einen gäbe – er wäre noch immer nicht Wolf. Es könnte nie jemand anders Wolf sein – selbst wenn er *alle* gleichen Eigenschaften hätte und sogar noch ‚besser' aussähe, selbst das geht nicht! Selbst dann würde ich Wolf wählen – immer.

Und das ist so unerklärlich... Erotik ist nicht einfach nur Anziehung. Es ist die Anziehung zwischen zwei Menschen, die sich schon *immer* gekannt haben. Und *das* ist wirklich heilige Erotik... So sehr, dass es einem schwindlig wird...

Ich möchte so gern einen Beruf finden, der richtig ist. Der auch wieder der einzige ist, den ich wählen könnte. Weil es immer etwas gibt, was das einzig Richtige ist – nur muss man es entdecken. Fühlen – man muss es fühlen. Ich würde es so gerne fühlen und finden. Was es ist. Was ich tun soll. Ich würde es sogar allein schon *für Wolf* gerne finden – damit er nicht mehr so sehr darunter leidet, was er mir für eine Welt ‚geschenkt' hat, wofür er doch gar nichts kann.

Die Schechina ist mein Weg, soviel weiß ich. Aber was das bedeutet, weiß ich noch nicht. Wolf liebt die Unschuld über alles. Er liebt *meine* Unschuld – und das macht mich immer wieder unfassbar, ich meine unfassbar staunend, berührt, nicht verstehend... Ich verstehe ihn zwar, und ich weiß auch, was er ‚sieht', aber zugleich fühle ich mich überhaupt nicht unschuldig genug, nicht im Ansatz. Wenn es so wäre, dann würde ich die Schechina verstehen, ich wüsste meinen Weg, ich wäre nicht so dumm, so hilflos, so ... gewöhnlich.
Wolf behauptet das Gegenteil, aber – manchmal zerreißt es einen in den eigenen Gefühlen. Man möchte so *viel*, so unendlich viel, ich meine nicht Verschiedenes, ich meine ein Einziges – etwas, wovon man noch gar nicht weiß, was. Es

ist wie eine grenzenlose Sehnsucht. Nach dem Guten, nach dem, dass *alles* gut wird. Aber es ist nichts gut. Und man kann nichts tun. Aber die Sehnsucht ist da. Diese unendliche, unvorstellbare Sehnsucht. Das sind Augenblicke, wo man das Gefühl hat: Jetzt stirbst du (wie ein Gefühl), oder du umarmst die ganze Erde... Vielleicht fühlt die Schechina das *immer*, genau das...

Ich möchte Menschen beibringen, wie es ist, wenn man an einem frühen Morgen im August einen lebendigen Edelstein in der Sonne funkeln sieht. Ich möchte ihnen beibringen, wie schön es wäre, wenn man sich entgegengehen würde, ohne Urteile in den Blicken, in den Herzen zu tragen. Einfach nur als *Menschen*. Ich möchte ihnen beibringen, dass die Liebe nicht davon abhängt, wie alt jemand ist oder wie ‚gut' er aussieht oder ob er immer alles richtig macht, sondern dass die Liebe etwas *Heiliges* ist. Und dass, wenn sie da ist, nichts mehr dazwischenkommen kann. Und dass jeder Mensch dieses Heilige finden sollte, weil es nur ein Einziges auf der Welt gibt, was so schön ist, und dass es nur darauf ankommt. Und dass man diese Liebe, genau dasselbe, abgeschwächt, auch *miteinander*, gegenüber jedem, immer, haben sollte, haben könnte. Ich würde den Menschen so gerne Novalis beibringen. Novalis, das Heilige, die Magie, das Einzigartige, wirklich die Liebe – die *eine* Liebe, die immer die gleiche ist...

Das möchte ich. Und ich werde einen Weg finden, das zu tun.

Und ich liebe Wolf – für immer...

173